AF392913

ثلاثية

يون فوسه

ثلاثية

سُهاد

أحلام أولاف

تعب الليل

ترجمتها عن النرويجية
شرين عبد الوهاب وأمل رواش

alkarmabooks.com
facebook.com/alkarmabooks
twitter.com/alkarmabooks
instagram.com/alkarmabooks

نُشر هذا الكتاب بدعم كريم من «نورلا»، «الأدب النرويجي في الخارج»

تصميم الغلاف: أحمد فرج

٢٤٦٨١٠٩٧٥٣١

فوسه، يون.
ثلاثية: رواية / يون فوسه؛ ترجمتها عن النرويجية شرين عبد الوهاب وأمل رواش ـ القاهرة: الكرمة للنشر، ٢٠٢٣.
٢٢٤ ص؛ ٢٠ سم.
تدمك: 9789778638042   رقم الإيداع بدار الكتب المصرية: ٢٦٣١٥/ ٢٠٢٢
١ـ القصص النرويجية.
أـ عبدالوهاب، شرين (مترجمة)   بـ رواش، أمل (مترجمة)   جـ العنوان.

تنويه

اتباعًا لقواعد المؤلف الخاصة بعلامات الترقيم، التزم الناشر بما جاء في نسخة الرواية الأصلية (النرويجية)، ولم تُطبَّق قواعد النشر الخاصة بدار الكرمة في هذه الرواية، حتى تبقى لغتها كما جاءت في الأصل، وحتى لا تخرج ترجمة الرواية عن الأسلوب الذي أراده المؤلف.

المحتويات

سُهاد

كان أسلا وأليدا يتجولان في شوارع بيورجفين، يحمل أسلا على كتفه حُزمتين بهما كل ما يمتلكان، في يده حقيبة الكمان التي ورثها عن الأب سيجفالد، وتحمل أليدا حقيبتين شبكيتين فيهما طعام، وهما الآن يجوبان شوارع بيورجفين منذ ساعات ويحاولان العثور على أي مأوى، ولكن استئجار أي شيء في أي مكان كان مستحيلًا، لا، قالوا، نحن آسفون ليس لدينا مكان للإيجار، لا، قالوا، فكل مكان للإيجار مستأجَر بالفعل، هكذا قالوا، ومن ثم كان على أسلا وأليدا مواصلة التجوال في الشوارع وهما يطرقان الأبواب ويسألان عما إذا كانت هناك غرفة للإيجار في أي بيت، ولكن لا توجد أي غرف للإيجار في أي من تلك البيوت، فإلى أين يذهبان، أين يجدان مأوى يحميهما من البرد والظلام الآن، في أواخر الخريف، ولا بد أن يكون هناك مكان ما به غرفة للإيجار، ومن حسن الحظ أنها لم تمطر، إلا أن المطر قد ينهمر أيضًا عاجلًا أو آجلًا، ولا يمكنهما متابعة المشي هكذا، ولماذا لا يريد أي أحد أن يؤجر لهما مأوى، ربما لأن الجميع كانوا يرون أن أليدا على وشك الولادة، فهذا قد يحدث في أي يوم،

كان يبدو عليها ذلك، وربما لأنهما لم يكونا متزوجين، فلم يكونا زوجًا وزوجة محترمين بالمعنى المتعارف عليه، لم يكن من الممكن أن يُعدا شخصين محترمين، ولكن بالتأكيد لم يستطع أحد أن يرى ذلك، لا، بالتأكيد لا، لكن قد يكون ذلك ممكنًا على الرغم من كل شيء، إذ لا بد أن هذا هو السبب في ألا أحد يريد أن يؤجر لهما غرفة، ولم يكن أسلا وأليدا هما من لم يرغبا في الزواج أو الحصول على بركات القس، ولكن كيف يتسنى لهما الوقت أو السبيل، فهما لم يتجاوزا السابعة عشرة بعد، ولا تتوفر لديهما المتطلبات اللازمة لإقامة حفل زفاف، ولكن بمجرد أن يدبراها، سوف يقيمان حفل زفاف ويتزوجان بشكل محترم في وجود قس وعريف حفل وسوف يقيمان حفل زفاف مع فرقة موسيقية وكل شيء يصاحب ذلك، لكن الآن سيبقى الوضع على ما هو عليه، ووضعهما الراهن وضع طيب إلى حد كبير، حقًّا، ولكن لماذا لا يريد أحد أن يؤجر لهما غرفة، ما خطيئتهما، لو عدّا نفسيهما زوجًا وزوجة بالشكل المتعارف عليه فقد يساعدهما ذلك، لأنهما إذا فكرا بهذه الطريقة، فسيكون من الصعب على الآخرين أن يلاحظوا أنهما يمضيان في الحياة كزانيين، وقد طرقا عديدًا من الأبواب إلى الآن، ولم يستجب أحد لطلبهما باستئجار غرفة، ولا يمكنهما الاستمرار على هذا النحو، وبدأ الظلام في الهبوط، وإنها أواخر الخريف، والظلام يحل والجو بارد، وسرعان ما سينهمر المطر

تقول أليدا: أنا متعبة للغاية

ثم يتوقفان وينظر أسلا إلى أليدا وهو لا يعرف ماذا يقول لها كي

يواسيها، لأن كل واحد منهما كان يواسي الآخر بالفعل ولمرات عديدة وذلك بتبادل الحديث عن الطفل القادم، أبنت أم ولد، ذلك ما كانا يتحدثان عنه، وكانت أليدا ترى أن التعامل مع البنات أسهل، أما هو فكان يرى العكس، التعامل مع الأولاد أسهل، ولكن سواء كان ولدًا أم بنتًا، فهما يشعران بالسعادة والامتنان لهذا الطفل، وقريبًا سيكونان أبًا وأمًّا، هكذا قالا، فهما يواسيان نفسيهما بالتفكير في الطفل الذي سيُولد عما قريب. كان أسلا وأليدا يمشيان في شوارع بيورجفين. وحتى الآن هما لا يشعران بالأسى لأن ما من أحد يريد أن يمنحهما مأوى، فهذا أمر سوف يدبرانه في النهاية، وقريبًا سوف يجدان شخصًا ما لديه غرفة صغيرة للإيجار، حيث يمكنهما العيش فيها لفترة، فلا بد من تدبير ذلك، ففي بيورجفين هناك العديد من البيوت، بيوت صغيرة وبيوت كبيرة، وليس الوضع كما في ديلجيا حيث لا يوجد هناك سوى بعض المزارع والبيوت الصغيرة بالقرب من البحر فقط، كانت أليدا، ابنة هيرديس من منطقة بروتات، ويقولون إنها من مزرعة صغيرة في ديلجيا، حيث ترعرعت مع أمها هيرديس وأختها أولين، بعد أن اختفى الأب أوسلايك ولم يعد مرة أخرى قَطُّ عندما كانت أليدا في الثالثة من عمرها وأختها أولين في الخامسة، ولم تكن أليدا تحمل أي ذكرى عن والدها سوى صوته فقط، وما زالت تستطيع سماع صوته المفعم بالمشاعر، صوته الواضح العريض، وهذا كل ما تذكره عن أبيها أوسلايك، ولا يمكنها أن تتذكر أي شيء عن هيئته، أو تتذكر أي شيء آخر، تتذكر صوته فقط عندما كان يغني، كان ذلك كل ما تبقى من أبيها أوسلايك. وهو، أسلا،

قد نشأ في كوخ صيد صغير يطل على البحر في ديلجيا جُهِّز كمأوى صغير، ونشأ هناك مع أمه سيليا وأبيه سيجفالد، حتى اختفى أبوه سيجفالد في البحر ذات يوم عندما هبَّت عواصف الخريف فجأة. كان يصطاد خارج الجزر غرب البحر وغرق المركب هناك بين الجزر في منطقة ستوراستينين. وبقيت الأم سيليا وأسلا في الكوخ ولكن بعد فترة وجيزة من رحيل سيجفالد، مرضت الأم سيليا، وباتت أنحف وأنحف، أصبحت نحيفة إلى درجة أن عظام وجهها يمكن أن يراها المرء وكأنها عارية، وأخذت عيناها الزرقاوان الواسعتان تتسعان أكثر فأكثر حتى إنهما شغلتا معظم وجهها، هذا ما بدا لأسلا، كما أصبح شعرها البني الطويل أخف وأضعف من ذي قبل، وذات صباح لم تستيقظ. وجدها أسلا ميتة في فراشها. كانت الأم سيليا مستلقية هناك وعيناها الزرقاوان العميقتان مفتوحتين تنظران إلى الجانب الذي لا بد أن الأب سيجفالد كان يستلقي عليه. وشعرها البني الطويل الخفيف يغطي معظم وجهها. كانت الأم سيليا مستلقية وميتة. كان ذلك قبل سنة مضت تقريبًا، وكان أسلا حينها يبلغ ست عشرة سنة وكل ما يمتلكه في الحياة هو نفسه، والأشياء القليلة التي في الكوخ، وكذلك كمان الأب سيجفالد. وفيما عدا أليدا، كان أسلا وحيدًا، وحيدًا تمامًا. كل ما شغل فكره عندما نظر إلى الأم سيليا وهي ميتة موتًا أبديًا هو أليدا بشعرها الأسود الطويل وبعينيها السوداوين، بكل شيء فيها، كان لديه أليدا. الآن أصبحت أليدا هي الشيء الوحيد المتبقي له. هذا كل ما كان يشغل فكره. وضع أسلا يده على فكها الأبيض البارد وتحسس خدها. الآن لم يتبقَّ له سوى أليدا. هكذا كان يفكر.

ثم كان لديه الكمان. هكذا كان يفكر أيضًا. لم يكن الأب سيجفالد صيادًا فحسب، بل كان عازفًا ماهرًا أيضًا، وهو من كان يعزف في كل حفلات الزفاف في منطقة سيجنا، وظل الأمر يسير على هذا النحو لسنوات طويلة، وإذا أقيم حفل راقص في ليلة صيفية، كان الأب سيجفالد هو من يعزف فيه. ففي ذاك الوقت، جاء من الشرق إلى ديلجيا كي يعزف في حفل زفاف مُزارع في لايتا، وهناك التقى بالأم سيليا التي تخدم هناك في حفل الزفاف، وكان الأب سيجفالد يعزف الموسيقى. هذه هي الطريقة التي التقى بها الأب سيجفالد بالأم سيليا. وحملت الأم سيليا منه وأنجبت أسلا، وكي يعيل أسرته، اشتغل الأب سيجفالد على قارب صيد بالجزر في البحر، عاش الصياد في منطقة ستوراستينين، وبجزء من الأجر تمكن من العيش مع الأم سيليا في أحد الأكواخ التي يمتلكها الصياد هناك في ديلجيا. هذا ما كان. هذا ما حدث. والآن رحل كل من الأب سيجفالد والأم سيليا. رحلا إلى الأبد. والآن أسلا وأليدا يجوبان شوارع بيورجفين، ويحمل أسلا على كتفه حُزمتين فيهما كل ما يمتلكان، وكان معه حقيبة الكمان والكمان الذي ورثه عن أبيه سيجفالد. كانت الدنيا مظلمة، والطقس كان باردًا. والآن كان أليدا وأسلا قد طرقا العديد من الأبواب وسألا عن مأوى لهما وكانت الإجابة الوحيدة أن هذا غير ممكن، ولم تكن هناك غرفة للإيجار، والغرفة التي لديهم كانت قد أُجرت بالفعل، لا إنهم لا يؤجرون الغرف، ليسوا في حاجة إلى ذلك، كانت هذه هي الأجوبة التي حصلا عليها، ويمشى كل من أسلا وأليدا ثم يتوقفان، وينظران إلى أحد البيوت، ربما لديهم مأوى، تسوقهما

الجرأة ويطرقان ذاك الباب أيضًا، سُن السؤكا أن «لا» سوف تُقال لهما مرة أخرى، بغض النظر عن السبب، ولا يمكنهما المشي في الشوارع على هذا النحو أيضًا، لذا كان لا بد أن يتشجعا ويطرقا الباب ويسألا عما إذا كان لديهم غرفة للإيجار، ولكن كيف سيكون لدى أسلا أو أليدا العزم على التقدم بهذا الطلب مرة أخرى وسماع «لا» مرة أخرى هذا غير ممكن، كان المكان مكتظًّا، ولعلهما ارتكبا خطأً عندما أحضرا معهما كل ما يمتلكان وأبحرا إلى بيورجفين، ولكن ماذا كان بوسعهما أن يفعلا غير ذلك، أكان يجب أن يبقيا في بيت الأم هيرديس في منطقة بروتات حتى لو لم تكن تريدهما أن يعيشا هناك، ليت لهذا مستقبلًا، وإذا لم يتمكنا من البقاء في كوخ الصيد، فإنهما كانا سيعيشان هناك، ولكن في يوم من الأيام رأى أسلا شخصًا ما في مثل عمره تقريبًا يبحر في اتجاه كوخ الصيد وينزل الأشرعة ويرسو بالقارب أمام كوخ الصيد ويربط القارب هناك، ثم يبدأ في المشي نحو كوخ الصيد، وبعد ذلك يسمع دقًّا على الباب وعندما يفتح أسلا، يجد رجلًا يتنحنح ويصيح فيه أنه من يملك كوخ الصيد هذا الآن، يملكه بعد أن اختفى والده في البحر مع والد أسلا، والآن هو بحاجة إلى أن يأخذ كوخ الصيد لنفسه، وبطبيعة الحال لم يعد ممكنًا لأسلا وأليدا أن يعيشا فيه، ولذا فقد اضطرا إلى حزم أغراضهما والبحث عن مأوى آخر يعيشان فيه، هذا كل ما في الأمر، هكذا يقول، ثم مشى إلى السرير بجوار أليدا التي جلست هناك ببطنها الكبير ثم نهضت وسارت إلى أسلا واستلقى الرجل على السرير وتمدد وقال إنه متعب ويريد أن يستريح قليلًا، هكذا يقول ونظر أسلا إلى أليدا

ومشيا إلى الباب وفتحاه. ثم نزلا الدرج وخرجا ووقفا أمام الكوخ.

أليدا ببطنها الكبير مع أسلا.

قالت أليدا: الآن ليس لدينا مكان نعيش فيه

وأسلا لم يرد

قال أسلا: هذا كوخه، فليس بوسعنا أن نفعل أي شيء

قالت أليدا: ليس لدينا أي مكان نعيش فيه

قالت: نحن في أواخر الخريف، والدنيا ظلام والطقس بارد،

وعلينا أن نعيش في مكان ما

ثم ظلًا واقفين هناك صامتين

تقول: أنا على وشك الولادة وقد ألد في أي يوم

يقول أسلا: نعم

تقول: ليس لدينا مكان نقيم فيه

ثم تجلس على دَكة بجوار حائط كوخ الصيد الذي بناه الأب

سيجفالد

يقول أسلا: كان لا بد أن أقتله

قالت أليدا: لا تقل هذا الكلام

ثم يمشي أسلا ويجلس بجوار أليدا على الدكة

يقول أسلا: سأقتله

تقول أليدا: لا لا

تقول: الحال على هذا المنوال، بعض الناس يملكون والباقون

لا يملكون

تقول: ومن يملكون يتحكمون فيمن لا يملكون من أمثالنا

يقول أسلا: أظن أن هذه هي الحال

تقول أليدا: لا بد أن الأمر كذلك

يقول أسلا: أظن أنه لا بد أن يكون كذلك

وأليدا وأسلا يظلان جالسين على الدكة من دون أن يقول أي منهما شيئًا، وبعد قليل يخرج الرجل الذي يملك كوخ الصيد ويقول إن عليهما أن يحزما أغراضهما، لأنه يعيش الآن في الكوخ، هكذا يقول، ولا يريدهما فيه، خاصة أسلا، هكذا يقول، أما أليدا، فيمكنها البقاء نظرًا لحالتها، هكذا يقول، سوف يعود في غضون بضع ساعات وحينها يجب أن يرحلا، على الأقل أسلا، هكذا يقول، ثم يذهب إلى قاربه، وبينما يُرخي حبل المرساة ويقول إنه سيمر على التاجر في الحال، وعندما يعود ينبغي أن يكون كوخ الصيد خاليًا ومُعَدًّا، فسوف ينام فيه الليلة، نعم وربما أليدا أيضًا إذا رغبت، هكذا يقول ويدفع القارب ويرفع الأشرعة ثم ينساب قاربه صوب الشمال بمحاذاة الساحل.

يقول أسلا: يمكنني أن أحزم الأغراض

تقول أليدا: يمكنني مساعدتك

يقول أسلا: لا، اذهبي أنتِ إلى البيت في بروتات، اذهبي إلى الأم هيرديس

يقول: ربما يمكننا أن نبيت هناك الليلة

تقول أليدا: ربما

ثم تنهض وأسلا يتابعها وهي تمشي على طول الشاطئ، بساقيها القصيرتين جدًّا، ووِرْكيها المستديرتين، وشعرها الأسود الطويل

الغزير الذي ينساب على ظهرها، ويجلس أسلا هناك ويراقب أليدا وهي تلتفت وتنظر إليه وترفع ذراعها وتلوح له ثم تواصل المشي نحو بروتات ويدخل أسلا إلى كوخ الصيد ويحزم كل شيء هناك في حُزمتين ثم يخرج ويمشي بمحاذاة الشاطئ حاملًا الحزمتين على كتفه وحقيبة الكمان في يده، وفي البحر يرى الرجل الذي يمتلك كوخ الصيد يبحر في قاربه ويواصل أسلا المشي نحو بروتات وهو يحمل على كتفه حُزمتين بهما كل ما يمتلكان، ويمسك الكمان وحقيبة الكمان بيده، ويمشي قليلًا، ويرى أليدا تقبل نحوه وتقول إنهما لا يستطيعان العيش عند الأم هيرديس، لأن الأم هيرديس لم تحبها قَطُّ، ابنتها، لم تحبها كثيرًا، فكانت دائمًا تحب أختها أولين أكثر بكثير، ولم تفهم قَطُّ لماذا كان الأمر هكذا، لذا فهي لا تريد أن تذهب إلى هناك، ليس الآن بعد أن كبر بطنها جدًّا، هكذا تقول، ويقول أسلا إن الوقت تأخر، وسرعان ما سيهبط الظلام، والطقس يكون باردًا في الليل، والآن في أواخر الخريف قد ينهمر المطر أيضًا، لذا ليس بوسعهما سوى الاستسلام ثم يسألان إذا كان بإمكانهما العيش لبعض الوقت في بيت الأم هيرديس في بروتات، هكذا يقول، وتقول أليدا إذا كان هذا ما يجب عليهما فعله، فعليه أن يسأل هو، لأنها لن تسأل، إنها تفضل أن تنام في أي مكان، هكذا تقول، ويقول أسلا إنه إذا كان عليه أن يسأل فسوف يسأل وعندما يصلان ويقفان في الردهة يقول أسلا بوضوح بما أن الرجل الذي يملك كوخ الصيد يريد الآن أن يعيش فيه، لذا ليس لديهما مكان يعيشان فيه، ولكن هل يمكنهما البقاء هنا في بيت الأم هيرديس لبعض الوقت، هكذا

يقول أسلا، وتقول الأم هيرديس إذا كان الأمر كذلك، فكل ما يمكنها فعله هو السماح لهما بالبقاء عندها ولكن لبعض الوقت فقط، هكذا تقول، ثم تدعهما يدخلان وتصعد الأم هيرديس الدرج ويمشي أسلا وأليدا وراءها ثم تدخل الأم هيرديس إلى الغرفة العلوية وتقول إن بوسعهما البقاء هنا لبعض الوقت فقط ولكن ليس لفترة طويلة، ثم تستدير وتنزل إلى الطابق السفلي، ويضع أسلا الحزمتين وبهما كل ما يمتلكان على الأرض ويضع حقيبة الكمان في الزاوية وتقول أليدا إن الأم هيرديس لم تكن تحبها قَطُّ، قَطُّ، ولم تفهم قَطُّ لماذا لم تحبها، وربما لم تحب الأم هيرديس أسلا كثيرًا، أو لا تحبه، هكذا ببساطة، والحق يُقال، هكذا كان الأمر ولما كانت أليدا حاملًا ولم تكن هي وأسلا متزوجين، فإن الأم هيرديس لا يمكنها أن تتعايش مع هذا العار في بيتها، ربما هذا ما فكرت فيه الأم هيرديس حتى لو لم تقله، هكذا تقول أليدا، لذا فبإمكانهما البقاء هنا الليلة، ليلة واحدة فقط، هكذا قالت أليدا، وقال أسلا إذا كان الأمر كذلك، نعم فليس لديه أي حل آخر سوى الخروج إلى بيورجفين غدًا صباحًا، لأن عليهما العثور على مأوى لهما، وقال إنه ذهب إلى بيورجفين من قبل مع الأب سيجفالد، ذهب هناك وهو يتذكر جيدًا كيف كانت الشوارع، والبيوت، والناس والأصوات وعبق الروائح، وكل المحلات التجارية، وكل الأشياء المعروضة في المحلات التجارية، وهو يتذكر كل شيء بوضوح، هكذا قال، وعندما سألته أليدا كيف سيصل إلى بيورجفين، قال أسلا إن عليهما إيجاد قارب يبحران به إلى هناك

قالت أليدا: نجد قاربًا

قال أسلا: نعم

قالت أليدا: أي قارب

قال أسلا: هناك قارب يرسو أمام كوخ الصيد

قالت أليدا: لكن هذا القارب

ثم رأت أسلا ينهض ويخرج وتستلقي أليدا على السرير هناك في الغرفة العلوية ثم تتمدد وتغلق عينيها وهي متعبة جدًّا ومتعبة جدًّا وترى الأب سيجفالد يجلس حاملًا كمانه ويمسك بزجاجة ويحتسي جرعة كبيرة ثم ترى أسلا واقفًا هناك، بعينيه السوداوين، وشعره الأسود، وقد أصابتها صدمة لأن حبيبها كان يقف هناك، ثم رأت الأب سيجفالد يلوِّح إلى أسلا فيذهب إلى أبيه ثم ترى أسلا يجلس هناك وهو يضع الكمان تحت ذقنه ويبدأ في العزف وفي الوقت نفسه تشعر بأنها تغرق وتطفو وتحلق وتحلق وأثناء عزفه تسمع الأب أوسلايك يغني وتسمع حياتها ومستقبلها وتعرف ما تعرفه ثم تكون حاضرة هناك في مستقبلها وكل شيء طَليق وكل شيء عسير إلا الأغنية، فالأغنية موجودة ولا بد أنها الأغنية التي يسمونها الحب وهي وهي لا توجد سوى في العزف فقط وهي لا تريد أن توجد في أي مكان آخر ومن ثم تأتي الأم هيرديس وتسألها عما تفعله، أليس من المفترض أن تكون قد ذهبت لإحضار الماء إلى الأبقار منذ وقت طويل، أليس من المفترض أن تجرف الثلج، ماذا كانت تظن، أكانت تظن أن الأم هيرديس يجب أن تفعل كل شيء، أن تعتني بالبيت، وترعى الماشية، وتطهو، لن يصعب عليها القيام

بما يجب القيام به لو لم تكن تتهرب من واجباتها دائمًا، فهذا لن يفيد، كان عليها أن تستجمع قواها، يجب أن تنظر نظرة متأنية إلى أختها أولين، وترى كيف كانت تساعدها دومًا وتبذل قصارى جهدها إذا استدعى الأمر، أمر غريب أن تكون هناك شقيقتان مختلفتان إلى هذا الحد، سواء في المظهر أو غيره، كيف يكون ذلك، فإحداهما تشبه الأب، والأخرى تشبه الأم، إحداهما شقراء مثل الأم والأخرى سوداء مثل الأب، هذه هي الحال، ولن نستطيع تغييرها ولا مفر منها، هكذا قالت الأم هيرديس، ولماذا ينبغي لها أن تساعد في أي شيء ما دامت أمها هيرديس تنتقدها وتعنّفها، كانت هي الشريرة وأختها أولين هي الملاك الطيب، وكانت هي السوداء وأختها أولين هي البيضاء، وتستلقي أليدا على السرير فماذا سيحدث الآن، إلى أين يذهبان، إنها سوف تضع مولودها في أي وقت، لم يكن كوخ الصيد مكانًا فسيحًا، لكنه مكان يمكن العيش فيه، وحتى هذا لم يعد مسموحًا لهما بالبقاء فيه، والآن لم يعد لديهما مكان يلوذان به، ولا نقود، لا لم يكن لديهما أي شيء تقريبًا، كان بحوزتها بضع أوراق نقدية، وكان لدى أسلا عدد قليل أيضًا، لكنه قليل، تقريبًا لا شيء، لكنهما كانا قادرين على تدبير الأمر، كانت متأكدة من ذلك، كانا سيدبران أمرهما، ولكن ليت أسلا يعود قريبًا فحسب، أما أمر القارب، فلا ينبغي لها أن تفكر فيه، وليكن ما يكون، وتسمع أليدا الأم هيرديس تقول إنها سوداء وقبيحة كأبيها بالضبط، وكسول مثله ودائمًا تتهرب من واجباتها، هكذا تقول الأم هيرديس، كيف ستتعايش، على أي

حال إنه لأمر طيب أن تتولى أختها أولين أمر المزرعة، لأن أليدا لا تصلح لشيء، وإلا فسوف يتحول الأمر إلى فوضى، تسمع الأم هيرديس تقول ذلك ثم تسمع أختها أولين تقول إنه لأمرٌ حسنٌ أن تتولى هي أمر المزرعة، المزرعة الجميلة التي لديهم هنا في بروتات، هكذا تقول الأخت أولين، تسمع أليدا الأم هيرديس تقول ماذا سيحدث لأليدا، لا لا تعرف، وتقول أليدا لا داعي لأن تقلق، فهي لا تبالي بأي حال، ثم تخرج أليدا وتذهب إلى الربوة حيث اعتادت هي وأسلا أن يلتقيا وعندما تقترب الآن ترى أسلا جالسًا هناك وقد بدا شاحبًا ومنهكًا ويمكنها أن ترى عينيه السوداوين مبللتين بالدموع فأيقنت أن شيئًا ما قد حدث وبعدها ينظر أسلا إليها ويقول إن الأم سيليا ماتت والآن لم يعد له أحد سوى أليدا ويستلقي على ظهره وتذهب أليدا وتستلقي بجواره ويلف ذراعيه حولها ويضمها إليه ثم يقول إنه عثر على الأم سيليا ميتة هذا الصباح، وكانت مستلقية في السرير وعيناها الزرقاوان الواسعتان تشغلان كل وجهها، هكذا يقول، وهو يضم أليدا ثم يذوبان في بعضهما البعض ولا يمكن سماع أي صوت سوى هفيف الرياح وحفيف الأشجار، وعندئذ يختفيان فهما يشعران بالعار ويقتلان ويتحدثان ولم يعودا يفكران ومن ثم يرقدان هناك على الربوة وهما يشعران بالعار ويجلسان ويظلان جالسين على الربوة وينظران نحو البحر

يقول أسلا: تخيلي أن نفعل شيئًا كهذا في اليوم الذي ماتت فيه الأم سيليا

تقول أليدا: نعم

وينهض أسلا وأليدا ويهندمان ملابسهما ثم يقفان هناك وينظران إلى الجزر في غرب البحر، في اتجاه منطقة ستوراستينين

تقول أليدا: أنت تفكر في الأب سيجفالد

يقول أسلا: نعم

يرفع يده في الهواء ويقف هناك ويضعها أمام الريح

تقول أليدا: لكن أنا معك

يقول أسلا: وأنا معكِ

ثم يبدأ أسلا بالتلويح بيديه كما لو كان يحيي أحدًا

تقول أليدا: كنت تلوح إلى أبويك

يقول أسلا: نعم

يقول: يمكنك أن تشعري بوجودهما أيضًا

يقول: نعم إنهما هنا

يقول: هما موجودان هنا الآن

ثم يُنزل أسلا يده ويضعها على أليدا ويربت على خدها ثم يمسك يدها ويقفان هناك

تقول أليدا: لكن تخيل

يقول أسلا: نعم

تقول أليدا: تخيل لو

وهي تضع يدها الأخرى على بطنها

يقول أسلا: نعم، تخيلي

ويبتسمان لبعضهما البعض ويشرعان في المشي إلى بروتات

يدًا بِيَدٍ ثم ترى أليدا أسلا يقف في الغرفة وشعره مبلل والألم على وجهه ويبدو متعبًا ومنهكًا

تقول أليدا: أين كنت

يقول أسلا: لا، لم أكن في أي مكان

تقول: لكنك مبلول وتشعر بالبرد

ثم تقول إن أسلا يجب أن يأتي وينام ولكنه يظل واقفًا هناك فحسب

تقول: لا تبقَ واقفًا

ويظل واقفًا بلا حراك

تقول: ما هذا

يقول: ينبغي أن نرحل، القارب جاهز

تقول أليدا: لكن ألا تريد أن تنام قليلًا

يقول: يجب أن نرحل

تقول: استرح قليلًا، استرح قليلًا فقط

تقول: ليس كثيرًا بل قليلًا فقط

يقول أسلا: أنتِ متعبة

تقول أليدا: نعم

يقول: هل نمتِ

تقول: أعتقد ذلك

وهو يظل واقفًا هناك تحت السقف المائل

تقول وهي تمد ذراعيها إليه: هيا تعالَ

يقول: يجب أن نرحل بأسرع ما يمكن

تقول: لكن إلى أين

يقول: إلى بيورجفين

تقول: ولكن كيف

يقول: سوف نبحر

تقول: لا بد أن يكون لدينا قارب إذن

يقول أسلا: أنا أعددت القارب

تقول: دعنا نستريح قليلًا أولًا

يقول: قليلًا فقط

يقول: ومن ثم قد تجف ملابسي قليلًا أيضًا

ويخلع أسلا ملابسه ويفردها على الأرض، وترفع أليدا البطانية الصوفية، وينام أسلا على السرير بجوارها، ويقترب منها وتشعر كم أن جسده بارد ومُبلَّل. وتساءلت عما إذا كان كل شيء يسير على ما يرام ويقول نعم، نعم على ما يرام، ويسأل إذا كانت قد نامت وتقول إنها تظن أنها نامت، ويقول إن بوسعهما الحصول على قسط من الراحة الآن ثم يأخذان طعامًا معهما بقدر المستطاع، وربما بعض الأوراق النقدية أيضًا، إذا استطاعا العثور على بعض منها في مكان ما، وبعد ذلك يجب عليهما النزول إلى القارب والإبحار بعيدًا قبيل الفجر وتقول نعم سيقومان بما يراه الأفضل، هكذا تقول، ثم يستلقيان هناك وترى أسلا جالسًا مع كمانه وهي تجلس وتنصت وتسمع أغنية من ماضيها، وتسمع أغنية من مستقبلها، وتسمع الأب أوسلايك يغني وهي تعلم أن كل شيء مُقَدَّر وهكذا ينبغي أن تسير الأمور وتضع يدها على بطنها والطفل يركلها مرة أخرى ثم تأخذ يد أسلا وتضعها

على بطنها وما زال الطفل يركل ويقول أسلا لا، لا بد أن يغادرا الآن في الظلام، وهذا هو الأفضل، هكذا يقول، ويقول إنه متعب، هكذا يقول، إنه إذا نام الآن، فسوف يغط في نوم عميق لفترة ولا يمكنه أن يفعل ذلك، فلا بد أن ينهضا ويذهبا إلى القارب، هكذا يقول أسلا ويجلس في السرير ثم ينهض

تقول أليدا: ألا يمكننا أن نستلقي هنا لفترة أطول قليلًا

يقول: نامي أنتِ قليلًا

أما هو فينهض ويمشي في الغرفة وتسأل أليدا عما إذا كان عليها أن تُشعل القنديل أم لا وهو يقول إنه لا داعي لأن تفعل ويبدأ يرتدي ملابسه وتسأل أليدا ما إذا كانت ملابسه قد جفت أم لا، لا، هكذا يقول، لم تجف، لكنها ليست مبلولة تمامًا أيضًا، هكذا يقول، ويرتدي ملابسه، وتجلس أليدا على السرير

يقول: الآن نحن ذاهبان إلى بيورجفين

تقول أليدا: سوف نعيش في بيورجفين

يقول أسلا: نعم، نعم سوف نفعل

وتخطو أليدا في الغرفة وتضيء النور والآن فقط يمكنها أن ترى كيف أن أسلا يبدو حائرًا ومطاردًا وتبدأ في ارتداء ملابسها

تقول: ولكن أين سنعيش

يقول: علينا أن نعيش في مكان ما

يقول: لا بد أن ذلك في الإمكان

يقول: إن هناك كثيرًا من البيوت في بيورجفين، وهناك الكثير من كل شيء، لذلك سوف يتم الأمر

يقول: إذا لم يكن هناك أي مكان لنا في أي من تلك البيوت في بيورجفين، فلا أعرف ماذا سنفعل عندئذ

ويرفع الحزمتين على كتفه ويمسك بحقيبة الكمان وتحمل أليدا القنديل ثم تفتح الباب وتنزل الدرج أمامه ببطء وهدوء وهو يتبعها بهدوء إلى أسفل الدرج

تقول أليدا: سآخذ معي بعض الطعام

يقول أسلا: لا بأس

يقول: سأنتظر في الفناء

يدخل أسلا إلى الردهة، وتدخل أليدا إلى المطبخ، وتخرج حقيبتين شبكيتين، وتضع فيهما لحمًا مُقدَّدًا وخبزًا مسطحًا وزبدًا ثم تخرج إلى الردهة، وتفتح الباب وترى أسلا واقفًا في الفناء وتمد يديها بالحقيبتين الشبكيتين ويقبل عليها ويأخذهما

يقول: لكن ماذا ستقول أمك

تقول أليدا: فلتقل ما تشاء

يقول: نعم لكن

ثم تمشي أليدا إلى الردهة مرة أخرى ثم إلى المطبخ فهي تعرف بالفعل أين تخفي أمها نقودها، هناك في أعلى الخزانة، في صندوق، وتجد أليدا كرسيًّا صغيرًا وتضعه بجوار الخزانة ثم تصعد على الكرسي الصغير وتفتح الخزانة وهناك، في الخلف، تمسك بالصندوق وتزحزحه ثم تهزه وتفتح الصندوق وتأخذ ما به من أوراق نقدية ثم تدفع الصندوق إلى الوراء في الخزانة وتغلق باب الخزانة وبينما تقف على الكرسي والأوراق النقدية في يديها يُفتح باب غرفة المعيشة وترى أمها في الضوء الذي تحمله

تقول الأم هيرديس: ماذا تفعلين

وأليدا تقف هناك ثم تنزل من على الكرسي

تقول أمها: ما الذي في يدك

تقول: معقول، أنتِ

تقول: أنا لا أصدق

تقول: هل بلغ بك الأمر حد السرقة

تقول: سأمسك بك

تقول: أنت تسرقين أمك

تقول: معقول

تقول: أنتِ مثل أبيكِ، إنكِ مثله

تقول: من الرعاع مثله، ووقحة مثله

تقول: انظري إلى نفسك

تقول: أعطني النقود

تقول: أعطني النقود فورًا

تقول الأم هيرديس: أيتها العاهرة

ثم تمسك بيد أليدا

تقول أليدا: دعيني

تقول الأم هيرديس: دعيني

تقول: أدعك، أيتها العاهرة

تقول أليدا: أبدًا لن أدعك تفلتين

تقول الأم هيرديس: تسرقين أمك

وتضرب أليدا الأم هيرديس بيدها الطليقة

تقول الأم هيرديس: تضربين أمك

تقول: لا، أنتِ أسوأ من والدك

تقول: لن أدع أحدًا يضربني

وتمسك الأم هيرديس بشعر أليدا وتشده، وتصرخ أليدا، ثم تمسك بشعر الأم هيرديس وتشده، ثم يقف أسلا هناك ويمسك بيد الأم هيرديس ويرخي قبضتها ثم يظل ممسكًا بها بقوة

يقول أسلا: اخرجي أنتِ

تقول أليدا: سأخرج

يقول: نعم، اخرجي

يقول أسلا: خذي النقود واخرجي إلى الفناء وانتظري هناك

وتمسك أليدا بالنقود وتخرج إلى الفناء وهي تقف هناك بجوار الحزمتين والحقيبتين الشبكيتين والطقس بارد ويمكنها رؤية النجوم المتلألئة والقمر الساطع ولا يمكنها سماع أي شيء ثم ترى أسلا يخرج من البيت ويمشي نحوها وتناوله النقود فيأخذها ثم يطويها ويضعها في جيبه ثم تحمل أليدا حقيبة شبكية في كل يد ويرفع أسلا الحزمتين على كتفه وبهما كل ما يمتلكان ويأخذ حقيبة الكمان في يده ثم يقول إنه حان وقت الرحيل ثم يبدآن في المشي إلى بروتات من دون أن يقول أي منهما شيئًا. إنها ليلة صافية نجومها متلألئة وقمرها ساطع وهما يمشيان إلى بروتات حيث كوخ الصيد، والقارب في المرسى

تقول أليدا: هل نستطيع أن نأخذ القارب

يقول أسلا: نعم نستطيع

تقول أليدا: لكن

يقول أسلا: يمكننا أن نأخذ القارب ونبحر في أمان

يقول: يمكننا أن نأخذ القارب ونبحر إلى بيورجفين

يقول: لا ينبغي أن تخافي

وتنزل أليدا وأسلا إلى القارب فيسحبه إلى الشاطئ ويضع عليه الحزمتين والحقيبتين الشبكيتين وحقيبة الكمان، وتصعد أليدا القارب، ومن ثم يفك أسلا حبل المرسى، ثم يبدأ في التجديف ويبتعد قليلًا عن الشاطئ، ويقول إن الطقس بديع، والقمر ساطع، والنجوم تتلألأ، والطقس بارد وصافٍ، والرياح مواتية فكان الإقلاع صوب الجنوب آمِنًا سلسًا، هكذا يقول، لذا فيمكنهما الآن الإبحار إلى بيورجفين، فالأمر يسير على ما يرام، هكذا يقول، ولا تريد أليدا أن تسأل إذا كان يعرف الطريق أم لا، ويقول أسلا إنه يتذكره منذ أن أبحر هو وأبوه سيجفالد إلى بيورجفين، وهو يعرف إلى أين يبحر هناك، هكذا يقول، وجلست أليدا هناك على مقعد المجداف، وترى أسلا وهو يسحب المجاديف ويرفع الأشرعة ثم تراه جالسًا هناك بجوار ذراع الدفة ثم ينساب القارب بعيدًا عن ديلجيا وتلتفت أليدا وترى البيت هناك في بروتات، يا لها من ليلة منيرة من ليالي أواخر الخريف، البيت هناك في بروتات يبدو في حالة يُرثى لها، وترى الربوة حيث اعتادت هي وأسلا أن يلتقيا، حيث حملت بالطفل الذي سوف تضعه قريبًا، هذا هو مكانها، هذا هو المكان الذي تنتمي إليه، وترى أليدا كوخ الصيد حيث عاشت هي وأسلا بضعة أشهر ثم ينساب القارب حول الرأس البحري ومن ثم ترى الجبال والجزر الصغيرة والشعاب المرجانية والقارب ينساب ببطء إلى الأمام

يقول أسلا: لماذا لا تستلقين وتنامين

تقول أليدا: هل يمكنني

يقول أسلا: بالطبع

يقول: استلقي في مقدمة القارب لفي نفسك بالبطانية الصوفية، ونامي

وتفتح أليدا واحدة من الحزمتين وتخرج منها البطانيات الأربع التي لديهما وتفردها هناك في مقدمة القارب وتلف نفسها بالبطانية ثم تستلقي هناك وهي تنصت إلى البحر وهو يضرب جوانب القارب وتسقط في الضوء وتتأرجح وتشعر بأنها لطيفة ودافئة وهي تستلقي هناك، في هذه الليلة الباردة، وهي تتطلع إلى النجوم الصافية والقمر المستدير الساطع

تقول: الآن تبدأ الحياة

يقول: الآن نحن نبحر إلى الحياة

تقول: لا أظن أنني أستطيع النوم

يقول: ولكنكِ تستطيعين الاستلقاء هناك وتنالين قسطًا من الراحة

تقول: شيء طيب أن أستلقي هنا

يقول: شيء طيب أنك تشعرين بالراحة

تقول: نعم نحن بخير

ثم سمعت البحر يروح، والبحر يجيء، والقمر ساطع، والليل مثل يوم غريب والقارب يندفع إلى الأمام ثم ينجرف وينجرف، صوب الجنوب، على طول الشاطئ

تقول: ألست متعبًا

يقول: لا، إنني متيقظ تمامًا

ثم ترى الأم هيرديس أمامها، وهي تقف هناك وتدعوها بالعاهرة

ثم ترى الأم هيرديس ليلة عيد الميلاد تدخل غرفة المعيشة ومعها لحم ضأن، سعيدة وجميلة وطيبة وبلا أي ألم من الثقيل الموجع الذي كانت تعاني منه في أغلب الأحيان، وغادرت توًّا، حتى إنها لم تقل وداعًا للأم هيرديس، أو لأختها أولين أيضًا، أخذت الطعام الذي وجدته فقط ثم وضعته في حقيبتين شبكيتين ثم أخذت ما وجدته من مال في البيت ثم غادرت لتوها وقطعًا لن ترى الأم هيرديس مرة أخرى أبدًا أبدًا، إنها تعرف ذلك، وقد رأت البيت هناك في بروتات للمرة الأخيرة، إنها على يقين، لن ترى ديلجيا مرة أخرى أبدًا، ولو لم ترحل، لذهبت إلى الأم هيرديس وقالت لها إنها لن تتعرض لها مرة أخرى أبدًا، لا الآن ولا في أي وقت لاحق من حياتها، والآن قد رحلت، وانتهت علاقتهما، كان هذا ما ستقوله، ولن تضايق إحداهما الأخرى مرة أخرى وإنها لن تراها مرة أخرى أبدًا مثلما لم تعد ترى الأب أوسلايك بعد أن رحل واختفى، الآن هي رحلت ولن تعود أبدًا ولو سألتها الأم هيرديس إلى أين سيذهبان لقالت لها إن هذا ليس من شأنها، ولقالت الأم هيرديس إنها ستعطيها بعض الطعام ثم لأعدت الأم هيرديس لفافة طعام ولأعطتها إياها ولأخرجت الأم هيرديس صندوق النقود ولأعطتها بعضًا منها ولقالت إنها لن تترك ابنتها ترحل بعيدًا عنها إلى العالم الواسع وهي مفلسة تمامًا وهي لن ترى الأم هيرديس مرة أخرى وتفتح أليدا عينيها وترى أن النجوم قد اختفت الآن ولم يعد هناك ليل وتجلس وترى أسلا يجلس هناك عند ذراع الدفة

يقول: هل استيقظتِ

يقول: حسنًا

يقول: صباح الخير عليكِ

تقول: صباح الخير عليك أنت أيضًا

يقول: شيء طيب أنكِ استيقظتِ لأننا سرعان ما سنبحر قريبًا إلى
فوجان في بيورجفين

وتنهض أليدا ثم تجلس على مقعد المجداف وتنظر صوب
الجنوب

يقول أسلا: سنصل إلى هناك قريبًا جدًّا

يقول: هناك، إلى الأمام، انظري

يقول: سوف نبحر عبر مضيق الفيورد هذا ثم نستدير حول الرأس
البحري فنصبح في بيفيورن

يقول: وعندما نصل إلى بيفيورن سوف نبحر مباشرة إلى فوجان
ولا ترى أليدا على جانبي الفيورد سوى التلال، ولا ترى بيتًا
واحدًا يلوح في الأفق وهما يبحران نحو بيورجفين والرياح ساكنة،
والقارب يطفو فحسب، وهما يأكلان اللحم المُقدَّد والخبز المسطح
ويبلعانهما مع جرعات من الماء، وتهب عليهما رياح خفيفة ثم تصبح
الرياح مواتية ويبحران حتى يصلا إلى فوجان في فترة ما بعد الظهيرة
ويرسوان هناك ويربطان القارب عند المرفأ ثم يخرج أسلا إلى الشاطئ
ويسأل عما إذا كان هناك من يريد شراء قارب، فلم يبالِ أحد كثيرًا،
ولكن عندما استمر في خفض السعر مرة تلو الأخرى تمكن من بيع
القارب مقابل القليل من المال. والآن معهما هذه النقود أيضًا. وكان

لديهما ذاك المال أيضًا. ثم وقف أسلا وأليدا هناك على رصيف المرفأ ومعهما الحزمتان، والحقيبتان الشبكيتان، وحقيبة الكمان وكمان الأب سيجفالد وبعض الأوراق النقدية، وتلك لديهما أيضًا. ثم يشرعان في المشي ولكن ليس المهم أين يمشيان، هكذا يقول أسلا، المهم أنهما يتجولان في المكان فقط لم يكن عليهما سوى المشي والنظر حولهما فحسب، وحتى لو كان قد ذهب إلى بيورجفين من قبل، فهو لا يستطيع أن يقول إنه يعرف المدينة كلها إلى تلك الدرجة، هكذا يقول، ولكن بيورجفين مدينة كبيرة، من أكبر المدن، وربما أكبر مدينة في النرويج، هكذا يقول، وتقول أليدا إنها لم تذهب من قبل إلى أبعد من تورسفيك لذلك كان شيئًا عظيمًا بالنسبة لها، أن تكون، الآن، هنا، في مدينة كبيرة مثل بيورجفين حيث البيوت والناس في كل مكان، لا لن تشق طريقها هنا، سوف يستغرق الأمر أيامًا وسنوات إلى أن تشعر بالألفة هنا، هكذا تقول أليدا، ولكن من الممتع أن أكون هنا، نعم كان الأمر كذلك، هناك الكثير كي أشاهده، والكثير يحدث طوال الوقت هكذا تقول، ويمشي أسلا وأليدا بمحاذاة رصيف المرفأ وكل تلك البيوت ذات الأبراج على الجانب المرتفع، ثم ترسو جميع القوارب أسفل تلك البيوت، وهناك قوارب من جميع الأنواع، قوارب ذوات أربعة مجاديف وقوارب ذوات صوارٍ مستقيمة عالية وأي نوع آخر من القوارب يمكن أن يخطر على البال

يقول أسلا: السوق هناك

تقول أليدا: السوق

يقول: ألم تسمعي عن سوق بيورجفين

تقول أليدا: نعم ربما سمعت، عندما أفكر بخصوص ذلك

يقول أسلا: هناك يبيع الريفيون مثلي ومثلك بضائعهم

تقول أليدا: نعم

يقول أسلا: إنهم يأتون بقواربهم وعليها الأسماك واللحوم والخضراوات وكل ما يمكن بيعه ويقومون ببيعه هناك في السوق

تقول أليدا: لكن لا أحد هناك من ديلجيا

يقول أسلا: أحيانًا يكون هناك البعض

ويشير، هناك، وراء كل القوارب الراسية، توجد السوق، حيث يمكنك رؤية كل الناس وجميع الأكشاك، وهذا هو المكان، هكذا يقول، وتقول أليدا إنهما ليسا بحاجة إلى الذهاب هناك، أليس الأفضل أن يذهبا إلى الجانب الآخر من الشارع، هناك عدد أقل من الناس ويسهل عليهما شق طريقهما إلى هناك، هكذا تقول، ثم يعبران الشارع، ومن على التَّل إلى الخلف منهما يشاهدان بيوتًا كثيرة، لذلك عليهما أن يمشيا بين جميع البيوت ويطلبا مأوى، يقول أسلا، هناك العديد من البيوت، وبالتأكيد سيكون بإمكانهما استئجار مكان هناك، هكذا يقول

يقول أسلا: ثم

تقول أليدا: نعم

يقول: ثم يجب أن أخرج مرة أخرى لأجد عملًا، لأننا بحاجة إلى دخل

تقول: هل تريد أن تبحث عن عمل

يقول أسلا: نعم

تقول أليدا: أين

يقول أسلا: سوف أنزل السوق، أو أخرج إلى رصيف المرفأ وأسأل هناك

يقول: وربما أستطيع أن أجد حانة صغيرة أستطيع أن أعزف فيها إلا أن أليدا لا تقول أي شيء ويمشيان في الشارع بين البيوت الأكثر قربًا وتقول أليدا إنه لا يمكنهما طرق باب أول وأفضل بيت ويقول أسلا ولِمَ لا، ثم يتوقفان ويطرق أسلا الباب فتخرج امرأة عجوز وتنظر إليهما وتقول نعم ويسأل أسلا عما إذا كان ببيتها غرفة للإيجار أم لا وإذا كانت المرأة العجوز تود أن تؤجرها فتكرر المرأة العجوز غرفة للإيجار ثم تقول إنه يتعين عليهما أن يطلبا غرفة للإيجار هناك من حيث جاءا وليس هنا في بيورجفين، فليسوا في حاجة إلى المزيد من الناس هنا، هكذا تقول، ثم أغلقت الباب ويمكنهما سماعها تقول غرفة للإيجار غرفة للإيجار وينظران بعضهما إلى بعض ويضحكان ثم يمشيان إلى الجانب الآخر من الشارع ويطرقان باب بيت هناك وبعد فترة قصيرة تخرج فتاة وتنظر إليهما، متحيرة بعض الشيء، وعندما يسأل أسلا عما إذا كان لديها غرفة للإيجار في بيتها أم لا تضحك وتقول من الممكن أن تكون هناك غرفة له، إنما لها هي، سيكون من الصعب، لو كنت قد أتيت قبل بضعة أشهر لوجدت لها غرفة أيضًا ولكن الآن، وهي على هذه الحال، ستكون المسألة أصعب، هكذا تقول الفتاة، ثم تقف هناك وتميل على إطار الباب وهي تنظر إلى أسلا

تقول الفتاة: هل ستدخل أنت أم لا

تقول: لا أستطيع أن أقف هنا كثيرًا

تقول: أجبني الآن

ثم تنظر أليدا إلى أسلا وتمسك بذراعه

تقول أليدا: دعنا نذهب

يقول أسلا: نعم

تقول الفتاة: نعم فلتذهب إذن

تقول أليدا: هيا تعالَ

وتجر أسلا بلطف ثم تضحك الفتاة بصوت عالٍ وتدخل وتغلق الباب ويمكنهما سماعها تقول لا، معقول، مثل هذا الفتى المحترم يصطحب مثل هذه العاهرة الصغيرة، هكذا تقول، ثم يرد أحدهما أن هذه هي الحال دائمًا، هذه هي الحال عادة، هكذا يقول شخص ما، ويقول شخص آخر، دائمًا، إنها دائمًا هكذا، ثم يواصل أسلا وأليدا المشي في الشارع ويمشيان لفترة بمحاذاة مجموعة من البيوت

تقول أليدا: فتاة بشعة

يقول أسلا: نعم

يواصلان المشي ويتوقفان أمام باب بيت آخر ويطرقان الباب وبغض النظر عمن يفتح فلا أحد لديه أي مكان خالٍ وهم لا يؤجرون الغرف أو صاحبة البيت ليست موجودة، هكذا يقولون، وسواء كان هذا أو ذاك فليس هناك إلا رد واحد ولا شيء سواه، ليس لديهم غرفة ليستأجراها ومن ثم يواصل أسلا وأليدا المشي بين البيوت، وهي بيوت صغيرة، متقاربة، وهناك شارع ضيق ينسل من بين البيوت وفي بعض الأماكن هناك شارع أوسع قليلًا بين البيوت، أين هما

وأين يمشيان، لا، ولا يعرف أسلا أو أليدا أين يمشيان، وكم يصعب جدًّا العثور على مأوى في بيورجفين، العثور على مأوى من البرد والظلام، لا لم يتخيلا ذلك قطُّ، لأن أسلا وأليدا ظلَّا يجوبان شوارع بيورجفين طوال فترة ما بعد الظهيرة والمساء ويطرقان الباب تلو الآخر، ويسألان الواحد تلو الآخر وحصلا على أجوبة، تختلف الأجوبة، ولكن في الغالب قيل لهما لا، لم تكن هناك غرفة للإيجار، أو أن الغرفة مستأجرة بالفعل هكذا قالوا، والآن لا تزال أليدا وأسلا يتجولان في شوارع بيورجفين لفترة طويلة، والآن يتوقفان وينظر أسلا إلى أليدا، بشعرها الأسود الطويل المتموج الكثيف، وبعينيها السوداوين الحزينتين من دون أن يقول أي منهما شيئًا

تقول أليدا: أنا متعبة جدًّا

ويرى أسلا كم تبدو فتاته المحبوبة متعبة للغاية وليس مستحبًّا لامرأة حامل توشك على الولادة أن تبلغ هذه الدرجة من التعب التي تبدو عليها أليدا، فهي لا يمكن أن تكون بخير

تقول أليدا: لعل بوسعنا أن نجلس قريبًا قليلًا

يقول أسلا: نعم أظن ذلك

ثم يتابعان المشي في تثاقل وينهمر المطر ويمشيان، ويمشيان تحت المطر ويبتلان، ويشعران بالبرد يتسلل إلى جسديهما، ثم يهبط الظلام الآن، والطقس بارد الآن، إنها أواخر الخريف وليس لديهما مأوى يحتميان به من المطر والبرد والظلام، ليت لديهما مكانًا يقيمان فيه، غرفة دافئة، نعم هذا سيكون شيئًا طيبًا، ليتهما فحسب

تقول أليدا: نعم أنا متعبة

تقول: والمطر ينهمر الآن أيضًا

يقول أسلا: ينبغي أن نجد سقفًا نحتمي تحته

يقول: لا لا يمكن أن نظل نمشي هكذا تحت المطر ونظل مبلولين

تقول أليدا: لا

ثم تحمل حقائبها وتظل تمشي تحت المطر

يقول أسلا: هل تشعرين بالبرد

تقول أليدا: نعم، نعم أنا مبلولة وأشعر بالبرد

ويتوقفان، يقفان هناك تحت المطر، في الشارع، ثم يواصلان المشي ويقفان ويستندان إلى الجدار، تحت الإفريز، ويقفان هناك ويضغطان بجسديهما على الحائط

تقول أليدا: ماذا نفعل

تقول: علينا أن نجد مأوى لهذه الليلة

يقول أسلا: نعم

تقول أليدا: لقد طرقنا بالفعل عشرين بابًا على الأقل كي نطلب مأوى

يقول أسلا: بالتأكيد أكثر من ذلك

تقول: لا أحد يريدنا في بيته

يقول: نعم

تقول: الطقس بارد جدًّا حتى إننا لا نستطيع أن ننام في الخارج ونحن مبلولان هكذا

يقول: نعم

ويقفان هناك طويلًا من دون أن يقول أي منهما شيئًا. وها هو

المطر ينهمر والطقس بارد والدنيا ظلام، والآن لا يوجد شخص آخر في الشوارع، وفي وقت سابق اليوم كان في تلك الشوارع الكثير من الناس من كل الأشكال والألوان، صغارًا، كبارًا، أما الآن فيبدو أنهم في الداخل في بيوتهم، في الضوء والدفء هناك، لأن المطر يسقط الآن ويسقط من السماء ويكوِّن تحت أقدامهما بِرْكات ماء وأليدا تضع حقائبها على الأرض، وتجلس القرفصاء وتُسقط ذقنها على صدرها ويرتخي جفناها فوق عينيها ثم تجلس أليدا هناك وتنام وأسلا متعب أيضًا، متعب جدًّا، لقد مر وقت طويل منذ أن استلقيا في بيت الأم هيرديس في بروتات ثم ينهضان ويأخذان القارب ويشرعان في الإبحار جنوبًا إلى بيورجفين، في عبور طويل إلى بيورجفين، إلا أن ذلك سار على نحو طيب، كانت الريح مواتية معظم الليل، ولكنها خفت قليلًا قبل الظهيرة وأخذ المركب ينساب والآن يصبح أسلا متعبًا جدًّا حتى إنه قد يستغرق في النوم حيث يقف هناك، لكن لا ينبغي له ذلك، لا لا يمكنه النوم الآن، لكنه يغلق عينيه ويرى أن الفيورد هادئ وأزرق ولامع، والبحر هناك أزرق لامع، ويرتج القارب رَجَّة خفيفة في الخَوْر، والتلال حول كوخ الصيد خضراء، ويجلس على الدكة ويمسك بالكمان ويضع الكمان على كتفه ويعزف هناك، هناك بعيدًا في بروتات، تقبل أليدا عليه مهرولة، ويبدو عزفه وحركاتها كأنهما يمتزجان بالضوء والنهار الأخضر والسعادة الكبيرة تجعل العزف يتوحد مع كل ما ينمو ويتنفس ويشعر أن حبه لأليدا يتدفق ويتدفق داخله ويتدفق إلى عزفه ويتدفق إلى كل ما ينمو ويتنفس وتأتي أليدا إليه وتجلس على الدكة بجواره وهو يستمر في العزف، وتضع أليدا

يدها على فخذه ويعزف ويعزف ويعزف بصوت عالٍ كالسماء وفسيح كالسماء، لأنهما التقيا أمس، أليدا وأسلا، واتفقا على أنها لا بد أن تنزل إليه، لكنهما بالكاد يتحدثان حتى الآن، تحدثا للمرة الأولى أمس، ولكن لما رأى كل منهما الآخر شعرا بالانجذاب وذلك منذ أن كبرا وبلغا السن التي يلاحظ فيها الفتيان الفتيات والفتيات الفتيان، ومنذ المرة الأولى التي رأى فيها كل منهما الآخر، نظرا إلى بعضهما البعض بعمق، وكلاهما يعرف ذلك من دون أن يُقال أي شيء، وفي الليلة الماضية تحدثا معًا وتعرَّفا على بعضهما البعض للمرة الأولى، لأن ليلة أمس كان أسلا مع الأب سيجفالد عندما كان يعزف في حفل زفاف الفلاح في مزرعة لايتا حيث كان الأب سيجفالد يعزف أيضًا في تلك الأمسية وفي الليلة التي التقى فيها بالأم سيليا، كان المزارع فيلايتا يتزوج، وفي الليلة الماضية كانت ابنته هي التي تتزوج، وعندما علم أسلا أن الأب سيجفالد كان سيعزف في حفل الزفاف، سأله إذا كان بوسعه أن يأتي معه أم لا

يقول الأب سيجفالد: نعم أظن أنه يمكنك ذلك

يقول: لا يسعني إلا أن أقول نعم

يقول الأب سيجفالد: لا توجد طريقة أخرى، ستصبح عازف كمان أيضًا

يقول الأب سيجفالد إذا كان هذا ما يبدو عليه الأمر، وبما أنه كان عازفًا ويجب أن يكون عازفًا، فالأمر يجب أن يكون هكذا، وكلما استمر في العزف بدا كم هو عازف بارع بالفعل، وإذا كنت عازفًا فأنت عازف، ولا شيء يمكن فعله حيال ذلك، كان سيصبح عازف كمان،

وابنه كذلك، وهذا ليس مفاجأة، لأن أباه، أسلا الكبير، وجده الأب سيجفالد الكبير، كانا أيضًا عازفين، فأن يكون عازف كمان فهذا هو مصير الأسرة، حتى لو كان من سوء الطالع أن تصبح عازف كمان، نعم كان كذلك، هكذا يقول الأب سيجفالد، ولكن إذا كنت عازفًا نعم، فقد أصبحت عازف كمان، إذا كانت هذه هي الحال من قبل نعم فليس هناك ما نفعله حيال ذلك، ليس كثيرًا، نعم، هذا رأيه، هكذا يقول الأب سيجفالد، وإذا كان قد سُئل من أين تنبع الموسيقى، فإنه سيجيب بأنها ربما نبعت من الحزن أو الحزن على شيء ما، أو من مجرد حزن، ومع الموسيقى يمكن للحزن أن يخف ثقله ويحلق، والتحليق يصبح سعادة وبهجة، وبالتالي لا بد من العزف، لا بد أن يعزف، وبعض الناس يحملون شيئًا من هذا الحزن لذا فإن كثيرين يحبون الاستماع إلى العزف، هكذا كان الأمر، فالموسيقى ارتقت بحياتهم ومنحتها السمو، سواء كانوا يحتسون البيرة أو يحتفلون بزفاف أو يلتقون من أجل الرقص والاحتفال فحسب، ولكن لماذا كان هو الوحيد الذي قُدِّر له مصير العازف، نعم، نعم ليس بوسعه أن يقول لماذا، بالطبع لا، ولم يكن لديه قَطُّ الكثير من المعرفة أو الحكمة، لم يكن لديه قَطُّ، لكنه كان عازفًا بارعًا جدًّا نعم منذ أن كان مجرد صبي، منذ أن كان في عمر أسلا، تمامًا كما كان أسلا عازفًا بارعًا الآن أيضًا، فقد كانا متشابهين في الكثير من الأشياء هو وأسلا، هكذا يقول الأب سيجفالد ومثلما سار على خطى والده عندما كان في عمر أسلا سار والده على خطى جده الذي كان يعزف في حفل الزفاف، الآن يمشي أسلا على خطى أبيه ويتدرب، وفي وقت لاحق

في الصيف كان سيأتي مع أبيه ليعزف من أجل الرقص الدارج، وكان يذهب مع أبيه عندما كان يعزف في الحفلات الساهرة، بالطريقة نفسها التي كان يذهب بها مع أبيه إلى حفلات الزفاف، والحفلات الساهرة والراقصة، ولكن سواء كان يحب أن يصبح ابنه أيضًا عازف كمان أم لا، فهذا شيء آخر، ولا أحد يتساءل بشأن ذلك على أي حال، مصير العازف هو ذاك فحسب، ومن كان بلا أملاك فعليه أن يستغل الموهبة التي منحه الله إياها أفضل استغلال، هكذا هي الحال، وتلك هي الحياة

يقول الأب سيجفالد: هذه الليلة، ستحاول أن تكون عازف كمان وقال إنه بوسعهما المشي معًا إلى حفل الزفاف، وبعد أن يعزف لبعض الوقت، سيأخذ أسلا الكمان ويعزف لحنًا أو لحنين، سوف أعزف حتى يبدأ الرقص ويصير كما ينبغي، ثم تأخذ أنت الكمان وتعزف، هكذا يقول، ثم ارتدى كل من الأب سيجفالد وأسلا أفضل ملابسهما، وأعطتهما الأم سيليا بعض الطعام الطيب، وقالت إن عليهما أن يحسنا التصرف وألا يفرطا في الشرب وألا يرتكبا أي حماقة، هكذا قالت، ثم سار الأب سيجفالد حاملًا حقيبة الكمان بيده وبجانبه سار أسلا وبعدما مشيا لبعض الوقت اقتربا من مزرعة لايتا، ثم جلس الأب وأخرج الكمان وضبطه وعزف قليلًا على بعض الأوتار، ثم أخرج زجاجة من الحقيبة واحتسى جرعة كبيرة ثم عزف مرة أخرى، بحذر، كما لو كان يتحسس طريقه، ثم أعطى الأب سيجفالد الزجاجة إلى أسلا وطلب منه أن يحتسي جرعة ففعل أسلا وبعد ذلك ناول أسلا الكمان وطلب منه أن يقوم بإحماء الكمان

وإحماء نفسه أيضًا، فالعزف دائمًا يكون أفضل إذا تم بهذه الطريقة،
أن تعزف ببطء، ثم ترتقي من لا شيء إلى شيء هائل، هكذا يقول،
ثم جلس أسلا هناك وحاول أن يشغل نفسه بالعزف من لا شيء
تقريبًا، بدأ عزفه عزفًا بطيئًا خافتًا قدر الإمكان تقريبًا، ثم تصاعد
العزف مرتقيًا إلى أعلى

وقال الأب سيجفالد: نعم هذا صحيح

وقال: أنت من الآن سيد العازفين بالفعل

وقال: أنت تعزف تصاعديًا كما لو أنك لم تفعل شيئًا في حياتك
سوى ذلك

ثم يحتسي الأب سيجفالد جرعة أخرى من الزجاجة ويعطي أسلا
الكمان ثم يعطي الأب سيجفالد الزجاجة لأسلا ويحتسي جرعة
أخرى ثم يظل كل منهما جالسًا من دون أن يقول أي منهما شيئًا.

قال الأب سيجفالد: مصير عازف الكمان مميت

قال: غائب دائمًا، وبعيد دائمًا

قال أسلا: نعم

قال الأب سيجفالد: نعم، ويبتعد عن أحبابه، وعن نفسه

قال: ويهب نفسه دائمًا للآخرين

قال: دائمًا

قال: لا يكون أبدًا كيانًا كاملًا

قال: ويحاول دائمًا أن يجعل الآخرين كاملين

ثم قال الأب سيجفالد إن كل شيء بالنسبة له يكمن في محبته
للأم سيليا وأسلا، وإنه لا يريد أن يسافر متجولًا ويعزف، ولكن

ماذا بوسعه أن يفعل سوى ذلك، ماذا يملك، لا شيء، لا شيء مطلقًا، والشيء الوحيد الذي يملكه هو الكمان ونفسه، ومصير العازف اللعين هذا، هكذا قال الأب سيجفالد، ثم وقف وقال إنه من الأفضل الآن أن يذهب إلى مزرعة لايتا ويفعل ما كان من المفترض القيام به كي يتقاضيا نقودًا كأجر، ثم قال إن أسلا يمكنه البقاء هناك في الفناء، يفعل ما يريد أن يفعله، وفي وقت لاحق، ليلًا، عندما يصير الرقص كما ينبغي، بإمكانه أن يدخل ويقف حيث يمكن أن يراه، ويلوِّح إلى أسلا ويأخذ استراحة، وبعدها يتولى أسلا العزف على الكمان

قال الأب سيجفالد: ثم تعزف لحنًا أو لحنين

قال: عندئذ سوف تصبح أنت أيضًا عازف كمان

قال: هكذا بدأ جدك، الذي سُميت باسمه، كعازف كمان

قال: والآن سوف تبدأ بالطريقة نفسها

قال: وهكذا بدأت أنا أيضًا

ويسمع أسلا شيئًا غائمًا في صوت الأب سيجفالد وينظر إليه ويرى أنه يقف هناك والدموع تملأ عينيه ثم يرى أسلا أن الدموع بدأت تنهمر على وجنتَي الأب سيجفالد وأن وجنتيه مشدودتان ثم يضع ظهر يده على عينيه ويجفف الدموع

قال الأب سيجفالد: دعنا نذهب

ومن ثم أخذ أسلا يراقب ظهر الأب سيجفالد بينما كان يمشي كما يرى أن شعره الطويل معقود بقطعة من خيط في مؤخرة العنق، والشعر الذي كان أسود، أسود مثل شعر أسلا، يخطه الآن كثير من

الشيب، وبات خفيفًا جدًّا، ويمشي الأب سيجفالد متثاقلًا قليلًا، فهو لم يعد شابًّا، ولكنه ليس عجوزًا أيضًا، ويسمع أسلا صوتًا يقول إنه لا يمكنهما البقاء هنا فيفتح عينيه فيرى أمامه قبعة عالية سوداء فوق وجه ملتحٍ، كان هناك رجل يقف ممسكًا بعصا طويلة في يد وفي الأخرى يحمل قنديلًا ثم يرفع القنديل أمام وجه أسلا ثم ينظر مباشرة إلى وجه أسلا

يقول الرجل: لا يمكنك أن تقف هنا وتنام وأنت واقف

يقول الرجل: أنتما لا تستطيعان النوم هنا

يكرر الرجل: لن تناما هنا

ويرى أسلا أن الرجل يرتدي معطفًا أسود طويلًا

يقول الرجل: عليكما أن ترحلا

يقول أسلا: نعم

يقول: لكننا لا نعرف إلى أين نرحل

يقول الرجل: أليس لديكما مأوى

يقول أسلا: لا

يقول الرجل: إذن يجب عليَّ أن آخذكما معي وأضعكما في السجن

يقول أسلا: هل ارتكبنا خطأً

يقول الرجل: ليس بعد

ثم يهمهم قليلًا ويضحك ضحكة خافتة ثم يُنزل القنديل

يقول الرجل: لم يحل الصيف بعد

يقول: إنه أواخر الخريف، والطقس بارد والدنيا ظلام

يقول أسلا: ولكن أين يمكن أن نجد مأوى

يقول الرجل: هل تسألني أنا

يقول أسلا: نعم

يقول الرجل: هناك العديد من الحانات والنُّزُل هنا في بيورجفين

يقول: هناك الكثير منها في شارع أنستا

يقول أسلا: حانات ونُزُل

يقول الرجل: نعم

يقول أسلا: هناك يمكننا الحصول على مأوى

يقول الرجل: بالتأكيد

يقول أسلا: ولكن أين

يقول الرجل: يوجد واحد هناك، يبعد قليلًا عن هنا، على الجانب
الآخر من الشارع

ثم ينظر ويشير

يقول: ومكتوب على الحائط «نُزُل»

يقول: ولكن عليكما بالطبع أن تدفعا ثمن ذلك

يقول: اذهبا إلى هناك

ثم يذهب الرجل ويرى أسلا أليدا تجلس القرفصاء وذقنها على
صدرها وتستغرق في النوم. لا يمكنهما البقاء هنا، بالطبع لا، ليس
في هذا البرد، ولا في هذا الظلام، ولا في هذا المطر، ولا في أواخر
الخريف، ولكن يمكنهما أن يستريحا لبعض الوقت فقط، وهذا سوف
يفيدهما جدًّا وأسلا متعب جدًّا أيضًا، ويشعر بالتعب إلى درجة أنه
يمكن أن يستلقي على الأرض ويخلد إلى النوم ويستلقي هناك وينام

لمدة أسبوع، ثم يجلس القرفصاء ويضع يده على شعر أليدا وشعرها مبلول ويمسح شعرها ويمرر أصابعه خلاله ويغلق عينيه ويشعر بأن جسده ثقيل جدًّا ومتعب جدًّا، ثم يرى الأب سيجفالد يجلس هناك في غرفة المعيشة في لايتا، ويعزف، بشعره الطويل، الأسود والأشيب، شعره الطويل المعقود بقطعة من خيط في مؤخرة العنق ويرفع الأب سيجفالد القوس ونغمات اللحن تنتشر عبر الأثير ثم ينهض ويحتسي جرعة كبيرة من الزجاجة ثم يحتسي من القَدَح ومن ثم يتلفت الأب سيجفالد حوله ويرى أسلا فيلوِّح له ثم يناول أسلا الكمان

يقول الأب سيجفالد: الآن دورك، يا أسلا

يقول: نعم

يقول: هكذا هو الأمر، نعم

يقول: وسوف تحصل على جرعة أيضًا

ثم يناول أسلا الزجاجة ويحتسي جرعة كبيرة، ثم يحتسي جرعة أخرى ويناول الأب سيجفالد الزجاجة، ويناول أسلا القَدَح

يقول: يجب أن تحتسي رَشفة بيرة أيضًا

يقول الأب سيجفالد: لا بد أن يتناول عازف الكمان شيئًا لإحماء نفسه

فيحتسي أسلا رَشفة بيرة ويعيد القَدَح مرة أخرى إلى الأب سيجفالد ثم يجلس على الكرسي ويحتضن الكمان وينقر أوتار الكمان ثم يضع الكمان على كتفه، ويبدأ العزف ولا يبدو سيئًا للغاية ويستمر في العزف ويبدأ الناس بالرقص ويواصل العزف الذي يأخذ في التصاعد، لا يريد أن يكف، إنه يريد أن يستمر

فحسب، إنه يريد إخراج الحزن المضني، وإجهاده يخف ويحلق،
ويحلق ويحلق إلى أعلى فينعدم وزنه، وسوف يسعى لأن يحدث
ذلك ويعزف ويعزف، ثم يجد مكانًا ترتقي فيه الموسيقى ثم يحلق
نعم، نعم، نعم يحلق نعم ومن ثم فهو لا يحتاج إلى أن يواصل
العزف، فالموسيقى ترتقي بنفسها فوق كل شيء، تعزف عالمها
الخاص وكل من يستطيع السمع يستطيع أن يسمعها ويرفع أسلا
عينيه فيراها تقف هناك، تقف هناك، يرى أليدا تقف هناك، وهي
تقف هناك بشعرها الأسود الكثيف المتموج وبعينيها السوداوين
الواسعتين الحزينتين. وهي تنصت إلى العزف. تسمع التحليق
وهي نفسها في التحليق. إنها لا تزال تقف وتحلق. ثم يحلقان
معًا، والآن يحلقان معًا، هي وهو. أليدا وأسلا. ويرى وجه الأب
سيجفالد يبتسم، وهو يجد سعادة في أن يرى ابتسامته ويرفع الأب
سيجفالد الزجاجة إلى فمه ويحتسي جرعة كبيرة دفعة واحدة. ويدع
أسلا يعزف الموسيقى. ومعه أليدا. ويمكنه أن يرى في عينيها أن
أليدا معه. وأسلا يدع التحليق يحلق. وعندما يحلق بخفة يرفع
القوس ويدع التحليق يحلق في الفراغ. وينهض أسلا ويناول الأب
سيجفالد الكمان ويضع ذراعيه حول كتفَي أسلا ويضمه إليه. ويظل
الأب سيجفالد ممسكًا بالكمان في يده وهو يضم أسلا إليه بقوة.
ثم يضرب سيجفالد رأسه، ويضع الكمان على كتفه، وينقر الأوتار
ثم يبدأ في العزف. ويمشي أسلا نحو أليدا، حيث تقف بشعرها
الأسود الطويل وبعينيها السوداوين الواسعتين الحزينتين. وتمشي
أليدا نحوه، ثم يضع أسلا يده على كتفها ويخرجان من دون أن

يقول أي منهما شيئًا. وقبل أن يخرجا في الفناء يتوقفان ويرفع
أسلا يده بعيدًا عنها
تقول أليدا: أنت أسلا
يقول أسلا: وأنتِ أليدا
ثم يقفان هناك من دون أن يقول أي منهما شيئًا
يقول أسلا: إننا لم نتبادل الحديث من قبل
تقول أليدا: لا
ثم يقفان هناك من دون أن يقول أي منهما شيئًا
تقول أليدا: لكنني رأيتك من قبل
يقول أسلا: وأنا رأيتك
ثم يقفان مرة أخرى هناك من دون أن يقول أي منهما شيئًا
تقول أليدا: لقد عزفت عزفًا رائعًا
يقول أسلا: شكرًا لكِ
تقول أليدا: أنا أعمل خادمة هنا في مزرعة لايتا
تقول: واليوم، كنت أخدم في حفل الزفاف، ولكن الآن بعد أن
بدأ الرقص، أنا بلا عمل
يقول أسلا: كانت أمي خادمة هنا أيضًا
يقول: هلَّا ذهبنا نتمشَّى
تقول أليدا: نعم، هيا بنا
تقول: هناك، هناك فوق الربوة، حيث يمكنك رؤية البحر مباشرة
تقول: هل سنذهب إلى هناك
يقول أسلا: نعم

ويمشيان جنبًا إلى جنب ثم تشير أليدا وتقول إنه من هناك فوق الربوة يمكنك رؤية البحر، وعندما تكون فوق الربوة لا يمكنك رؤية مزرعة لايتا كما أن هناك بيوتًا وهذا شيء طيب، هكذا تقول

تقول أليدا: أليس لديك أي إخوة أو أخوات

يقول أسلا: نعم

تقول أليدا: لديَّ أخت، اسمها أولين

تقول: ولكنني لا أحب أختي أولين

تقول: ألديك أب وأم

يقول أسلا: نعم

تقول أليدا: كان لديَّ أم وأب إلا أن أبي قد رحل بعيدًا وكان ذلك
منذ سنوات عديدة

تقول: لا أحد يعرف ماذا حدث له

يقول أسلا: نعم

تقول أليدا: لقد اختفى فحسب

ويصعدان أعلى الربوة ويجلسان على صخرة كبيرة مستوية هناك

تقول أليدا: هل أقول لك شيئًا

يقول أسلا: نعم

تقول: عندما كنت تعزف

يقول أسلا: نعم

تقول أليدا: عندما كنت تعزف سمعت والدي يغني

تقول: عندما كنت صغيرة، كان يغني لي دومًا

تقول: وهذا هو الشيء الوحيد الذي أتذكره عن أبي أوسلايك

تقول: أتذكر صوته

تقول: وكان صوته يشبه عزفك

ثم تقترب من أسلا ويجلسان من دون أن يقول أي منهما شيئًا

يقول: أنتِ أليدا إذن

تقول: نعم أنا أليدا وماذا في ذلك

ثم تضحك قليلًا ثم تقول إنها كانت في الثالثة من عمرها فقط عندما اختفى الأب أوسلايك ولم يعد مرة أخرى قطُّ، وصورته وهو يغني هي الذكرى الوحيدة التي انطبعت لديها، وهي لا تفهم ذلك، هكذا تقول ولكن عندما سمعت عزف أسلا سمعت في عزفه صوت الأب أوسلايك، هكذا تقول، ثم وضعت رأسها على كتف أسلا وانخرطت في البكاء وتضع ذراعيها حول أسلا وتميل بجسدها عليه وتظل أليدا جالسة هناك بالقرب من أسلا وتظل تبكي وهو لا يعرف مطلقًا ماذا يقول لها أو ماذا يفعل، وأين يضع يديه، وما ينبغي له أن يفعل ومن ثم يضع ذراعيه حول أليدا ويضمها بقوة ويجلسان هناك ويشعر كل واحد منهما بالآخر ويسمعان الشيء نفسه ويشعران بأنهما الآن يحلقان معًا وهما معًا في التحليق وأسلا يشعر بأنه يهتم بأليدا أكثر بكثير من اهتمامه بنفسه وأنه يريد أن يمنحها كل ما هو طيب في هذه الحياة

يقول أسلا: ينبغي أن تأتي غدًا إلى كوخ الصيد

يقول: وأستطيع أن أعزف المزيد من أجلك هناك

يقول: يمكننا الجلوس على الدكة خارج كوخ الصيد وأعزف من أجلك

تقول أليدا: سأفعل ذلك

تقول: وبعد ذلك يمكننا أن نصعد إلى هنا، إلى كوخ الصيد الذي
نملكه

وينهض كل من أسلا وأليدا ويقفان هناك وينظران إلى الأسفل،
ثم يلقيان نظرة خاطفة على بعضهما البعض فحسب ويمسك كل
منهما بيد الآخر ثم يقفان هناك

تقول أليدا: وهناك في الخارج يوجد البحر

يقول أسلا: من الرائع رؤية البحر

ثم لا يقولان شيئًا وكل شيء دُبِّر وليس هناك شيء يجب أن يكون
أو يجب أن يُقال، وعلى أي حال فإن كل شيء قد قيل وكل شيء دُبِّر

تقول أليدا: أنت تعزف وأبي يغني

ويجفل أسلا ثم يتنبه وينظر إلى أليدا

يقول أسلا: ماذا قلتِ

وأليدا تنتبه وتنظر إلى أسلا

تقول: هل قلت أنا شيئًا

يقول أسلا: لا، ربما لم تقولي أي شيء

تقول أليدا: لا، حسب علمي

يقول أسلا: هل تشعرين بالبرد

تقول أليدا: بعض الشيء

تقول: لا. لم أقل شيئًا

تقول أليدا: شيء عن أبي

تقول: نعم من المؤكد أنني كنت أحلم

يقول أسلا: كنت تحلمين

تقول أليدا: نعم

تقول: كان في الصيف

تقول: كان الطقس دافئًا

تقول: وسمعتك تعزف وأنت تجلس على الدكة أمام كوخ الصيد
وكم كان اللحن عذبًا حتى إنني أخذت أستمع إليه، ثم جاء
أبي وراح يغني بينما كنت أنت تعزف

يقول أسلا: يجب أن ننهض ونمضي

يقول: لا يمكننا الجلوس أو النوم هنا

تقول: هل كنت نائمًا أنت أيضًا

يقول: نعم، نعم، غفوت قليلًا

وينهض أسلا

يقول: لا بد أن نجد أي مأوى

تنهض أليدا وتظل واقفة هناك، ثم يرفع أسلا الحزمتين ويعلقهما
على كتفه

يقول: علينا أن نواصل المشي

تقول: لكن إلى أين

يقول أسلا: يبدو أن هناك مكانًا في الشارع هنا يسمونه نُزُلًا، على
الجانب الآخر من الشارع، قد نجد غرفة هناك

يقول: والشارع اسمه أنستا، نعم

وتحمل أليدا حقائبها، وتظل واقفة هناك، أليدا، بشعرها الأسود
الطويل المبلول الذي يتدلى فوق ثدييها وبعينيها السوداوين الواسعتين

اللتين تلمعان في الظلام وببطنها الكبير، هكذا كانت تقف هناك، ونظرت بهدوء إلى أسلا وهو ينحني ويحمل حقيبة الكمان ثم يبدآن المشي ببطء عبر الشارع في الظلام، هناك برد ومطر الآن في أواخر الخريف، ويعبران الشارع

يقول أسلا: هناك، فوق الباب هناك، لافتة مكتوب عليها نُزُل

تقول أليدا: نعم، أنت أعلم

ويذهب أسلا ويفتح الباب وهو ينظر نحو أليدا

يقول: هيا تعالي

وتمشي أليدا ببطء إلى الأمام وتتجاوز أسلا وتدخل البيت، ويدخل أسلا وراءها، ويلمح رجلًا هناك في الظلام بالداخل يجلس على الطاولة ويقترب أسلا من الطاولة

يقول الرجل وهو ينظر إليهما: أهلًا وسهلًا

يقول أسلا: هل لديك غرفة لنا

يقول الرجل: يجب أن تكون هناك غرفة

وينظر إليهما ويُمرِّر عينيه على بطن أليدا الكبير

يقول أسلا: شكرًا جزيلًا

يقول الرجل: نعم، ربما هناك غرفة

يقول أسلا: شكرًا لك، شكرًا لك

وما زال الرجل ينظر إلى بطن أليدا

يقول الرجل: دعنا نرى

وتنظر أليدا إلى أسلا

يقول الرجل: إلى متى

يقول أسلا: لا نعرف

يقول الرجل: لبضعة أيام

يقول أسلا: نعم

يقول الرجل وهو ينظر إلى أليدا: هل وصلتما توًّا إلى بيورجفين

تقول: نعم

يقول الرجل: ومن أين جئتما

يقول أسلا: من ديلجيا

يقول الرجل: من ديلجيا

يقول الرجل: ستحصلان على غرفة إذن

يقول: نظرًا لأنكما مبلولان وتشعران بالبرد، ولا يمكنكما المشي في الشوارع في هذه الليلة الباردة، وهي تمطر، ونحن في أواخر الخريف أيضًا

يقول أسلا: شكرًا لك

ويميل الرجل فوق كتاب على الطاولة أمامه ثم تنظر أليدا إلى أسلا وتمسك بذراعه وتنظر إلى أسلا وهو لا يفهم أي شيء فتجره وتبدأ في المشي إلى الخارج ويتبعها أسلا ويرفع الرجل عينيه عن الكتاب ويقول إنهما لن يبقيا إذن بعد كل ذلك، ولكن إذا فكرا في أنهما بحاجة إلى مكان يعيشان فيه فسوف يعودان، نعم يمكنهما العودة، وتفتح أليدا الباب ويمسك أسلا الباب ليبقيه مفتوحًا ويخرجان ثم يقفان هناك في الشارع ثم تقول أليدا إنهما لا يستطيعان البقاء هناك، في هذا النُّزُل، ألم يلاحظ أي شيء، ألم يلاحظ عينَي ذلك الرجل الذي كان جالسًا هناك، ألم يلاحظ ما تقوله عيناه، ألم يلاحظ أي شيء،

ألا يلاحظ أي شيء على الإطلاق، وهل هي فقط التي تلاحظ دائمًا، هل هي الوحيدة فقط التي يمكن أن تلاحظ، هكذا تقول أليدا، ولا يفهم أسلا ما تعنيه

يقول أسلا: لكنكِ متعبة جدًّا، أنت مبلولة وتشعرين بالبرد، ويجب أن أجد لكِ مأوى

تقول أليدا: نعم

ثم يبدأ أسلا وأليدا في المشي ببطء في شارع أنستا تحت المطر ويصلان إلى ميدان مفتوح ويستمران في المشي، خطوة خطوة، وعندما يصلان إلى زاوية الشارع يمكنهما رؤية فوجان هناك عند نهاية الشارع ويمشيان في الشارع وهناك يمكنهما رؤية رصيف المرفأ والآن هناك امرأة عجوز تمشي أمامهما ولم يلاحظ أسلا وجودها من قبل، ولكن الآن يستطيع أن يراها تمشي هناك أمامهما، وتنحني أمام الريح وتمشي في البرد وتحت المطر، وتواصل المشي، من أين أتت، يبدو وكأنها ظهرت هناك فجأة، ولعلها خرجت من شارع جانبي ولم يرياها، لا بد أن هذا ما حدث

تقول أليدا: تلك التي تمشي أمامنا، من أين أتت

يقول أسلا: كنت أفكر في الشيء نفسه

يقول: ظهرت فجأة هناك

تقول أليدا: نعم، فجأة رأيتها هناك أمامنا في الشارع

يقول أسلا: أنتِ متعبة جدًّا، متعبة جدًّا

تقول أليدا: نعم

وهناك المرأة العجوز تمشي أمامهما ثم تتوقف وتُخرج مفتاحًا

كبيرًا وتضعه في قفل ثم تفتح باب بيت صغير هناك تحت جنح الظلام
ثم تمر من الباب ويقول أسلا إنها فتحت بابًا ويفكر في أنه أول بيت
طلبا فيه مأوى، هكذا يقول وتقول أليدا هذا صحيح ويمسك أسلا
مقبض الباب ويفتحه
يقول: هل لديك غرفة لنا
تلتفت المرأة العجوز ببطء نحو أسلا، والماء يتساقط من شالها
وأسفل وجهها وترفع قنديلًا نحو وجه أسلا
تقول المرأة العجوز: لا، أهو أنت مرة أخرى
تقول: لقد سألت بالفعل في وقت سابق اليوم
تقول: ألا تتذكر ما قلته
تقول: هل ذاكرتك سيئة
تقول: غرفة لكما
يقول أسلا: نعم نحن في حاجة إلى غرفة لنبيت فيها
تقول: كم مرة يجب أن أقولها لك
ويقف أسلا هناك ويمسك الباب ويبقيه مفتوحًا ويومئ إلى أليدا
التي تُقبل وتقف عند الباب
تقول المرأة العجوز: حسنًا، أنتما الاثنان في حاجة إلى غرفة
تقول: بوسعي أن أتفهم ذلك
تقول: كان ينبغي أن تفكرا في الأمر
تقول: قبل أن تضعا نفسيكما في هذا الموقف
يقول أسلا: لا يمكننا أن نظل نتجول في الشوارع طوال الليل
تقول المرأة العجوز: ومن يستطيع أن يمشي تحت المطر في

أواخر الخريف، تحت هذا المطر، ليس الآن، ليس تحت
هذا المطر ولا في هذا البرد
تقول: ليس الآن في بيورجفين وفي أواخر الخريف
تقول أليدا: وليس لدينا مكان نذهب إليه
تقول المرأة العجوز: كان يجب أن تفكرا في ذلك من قبل
تقول وهي تنظر إلى أليدا: لكن ألم تفكري في ذلك حينها
تقول: كان هناك شيء آخر يدفعك حينها
تقول: لقد رأيت الكثير من أمثالك في حياتي
تقول: جاءوا هنا إلى بيتي
تقول: وهل من المفترض أن أعطيكما غرفة
تقول: أيجب أن أوفر غرفة لكِ ولطفلك ابن الزنى
تقول: ماذا تظنان بي
تقول: إنني واحدة منهن
تقول المرأة العجوز وهي تشيح بذراعها الطليقة: لا، اذهبا لحالكما
يقول أسلا: ولكن
تقول المرأة العجوز وهي تنظر إلى أليدا: لقد ورد على بيتي
كثيرات من أمثالك

تقول: لا تستحق الفتيات من أمثالك إلا التجوال في البرد، ولا
يوجد شيء آخر أمامهن
تقول: كيف تفعلين ذلك
تقول: كيف لم تفكري مطلقًا في ذلك
ويضع أسلا يده على كتف أليدا ويدخلها الردهة ثم يغلق الباب خلفها

تقول المرأة العجوز: لا، ما هذا

تقول: لا، هل سأتعايش مع هذا أيضًا، يا يسوع المسيح

ويضع أسلا الحزمتين وحقيبة الكمان في الردهة ثم يذهب إلى المرأة العجوز ويأخذ القنديل ويخفف قبضة المرأة العجوز عليه ثم يقف هناك ويوجه ضوء القنديل إلى أليدا

تقول المرأة العجوز: ستدفع ثمن ذلك غاليًا

تقول: دعني

ويقف أسلا في طريقها

يقول: ادخلي

ويفتح أسلا أحد الأبواب هناك في الردهة ويرفع القنديل داخل الغرفة

يقول: اذهبي أنتِ إلى المطبخ

وتظل أليدا واقفة هناك

يقول أسلا: هيا ادخلي المطبخ

وتمر أليدا عبر الباب المفتوح، وترى أن هناك قنديلًا غير مضاء على الطاولة التي بجوار النافذة وتمشي إلى الطاولة، وتضع حقائبها على الطاولة ثم تضيء القنديل وتجلس على كرسي بجوار الطاولة وهي تنظر نحو الباب المفتوح وترى أسلا يقف في الردهة وهو يضع يده فوق فم المرأة العجوز ثم يغلق أسلا الباب وتمد أليدا ساقيها تحت الطاولة وتتنفس عدة مرات بعمق ثم تضع يديها حول لهب القنديل وتدفئهما، تدفئهما جدًّا حتى إنها شعرت بسعادة مفاجئة تسري عبر ذراعيها وساقيها، وتتدفق الدموع إلى عينيها وهي تجلس

وتنظر إلى اللهب وهي متعبة جدًّا، متعبة جدًّا، وتشعر ببرد شديد
جدًّا، برد شديد جدًّا، ثم تنهض أليدا وتمشي ببطء وتأخذ الشمعة
وتمشي نحو الموقد وترى أن هناك خشبًا في صندوق بجوار الموقد
وتضع بعض الخشب في الموقد وتشعله وهي تقف هناك بجوار
الموقد متعبة جدًّا حتى إنها بالكاد لا تعرف أين هي، وهي جائعة،
لكنْ لديهما طعام، طعام كثير، وسرعان ما ستأكل شيئًا، وبعد قليل
سوف يُدفئ الموقد الغرفة رويدًا رويدًا وتعقد ذراعيها فوق الموقد
وتتنفس بعمق مرة أخرى ثم ترى أن هناك دكة بجوار الجدار وبعد
ذلك تمشي إلى الدكة وهناك سترة وبطانية من الصوف على الدكة
وتسحب السترة فوق رأسها ثم تلف نفسها بالبطانية وتنحني وتغلق
عينيها وهي تسمع صوت المطر في الشارع ثم تطفئ الشمعة وتسمع
صوت صَرير وكأن هناك عجلات تحتك ببلاط الطريق الرصيف هناك
في الشارع وترى الضباب ينجلي ثم تبدأ الشمس في الشروق ومن
أمامها البحر، هادئ ومتلألئ، ثم ترى أسلا وهو يمشي في الشارع
بالخارج وهو يسحب عربة خلفه وفوق العربة برميلان وتضع أليدا
يدها على شعر طفل يقف بجوارها، شعره أسود كثيف وتقول وهي
تداعب شعره أنت سيجفالد الصغير الطيب، وتغني أغنية للطفل
سيجفالد الصغير، واحدة من الأغاني التي اعتاد الأب أوسلايك
أن يغنيها لها، وهي الآن تغنيها لسيجفالد الصغير، طفلها الصغير
وهو ينظر في عينيها السوداوين الواسعتين، وحيث يصب الفيورد
في البحر، يمكنها أن ترى زورقًا صغيرًا له صارية طويلة مستقيمة
ينساب على سطح البحر الهادئ المتلألئ، فلا نسائم في الأثير،

ويسطع نجم ثم يتلاشى في الظلام ويختفي ويختفي ثم تسمع صوتًا

وتفتح عينيها وترى أسلا واقفًا هناك

يقول: هل أنتِ نائمة

تقول أليدا: نعم، أعتقد أن النوم غلبني

وهي ترى أسلا يقف هناك بجوار الدكة وفي يده شمعة وكل ما

يمكن أن تراه في لهبها هو عيناه السوداوان وفي عينيه ترى صوت

الأب أوسلايك وهو يغني لها وهي طفلة صغيرة، وذلك قبل أن

يختفي ويرحل إلى الأبد

يقول أسلا: هيا نأكل شيئًا

يقول: إنني جائع

تقول أليدا: إنني جائعة أيضًا

ثم تجلس على حافة الدكة والآن أصبح المطبخ دافئًا، دافئًا

ومريحًا، تفتح البطانية ثم تجلس هناك ويتدلى ثدياها ثقيلين فوق

بطنها الكبير المكوَّر، ثم ترى أسلا يخلع ملابسه ويجلس بجوارها

ويضع ذراعه حول كتفيها ويستلقي ثم يرقدان هناك بجانب بعضهما

البعض وتغطيهما البطانية، هما الاثنين معًا

يقول أسلا: فلنسترِح قليلًا أولًا

تقول أليدا: أنت لم تنَم منذ فترة طويلة

يقول: فعلًا

تقول: لا بد أنك متعب جدًّا

يقول أسلا: نعم

تقول أليدا: وجائع، أنت جائع أيضًا

يقول: نعم جائع جدًّا

يقول: نأخذ أولًا قسطًا من الراحة، ثم نأكل

ويرقد أسلا وأليدا ويقتربان ويتشبثان ببعضهما البعض، ثم يرى أسلا القارب يبحر إلى الأمام في توازن جيد، وهناك يمكنه أن يرى بيورجفين والبيوت في بلدة بيورجفين، سوف يصلان إلى هناك قريبًا جدًّا، الآن هما هناك أخيرًا، ويرى أليدا تجلس هناك في مقدمة القارب، والقارب يبحر قُدمًا وكل شيء على ما يرام الآن، لقد فعلاها وتمكنا من الوصول إلى بيورجفين والآن سوف يبدآن حياتهما ويرى أليدا تنهض وتقف هناك، في مقدمة القارب، ويشعر أسلا بأن هذا هو الطريق نفسه الذي سلكه من قبل، ليس المهم أن يكون هو نفسه، بل المهم هو التحليق، فقد علمه عزفُ الكمان ذلك، إنه مصير عازف الكمان أن يعرف أشياء من هذا القبيل، وبالنسبة له، التحليق العظيم هو أليدا.

٢

يستلقي أسلا وأليدا على الدكة التي في مطبخ بيت صغير هناك في شارع أنستا في بيورجفين، وينامان وينامان، وينامان وينامان ويستيقظ أسلا ويفتح عينيه وينظر إلى الغرفة. ولا يستوعب الأمر في الحال، فأين هو، وهو يرى أليدا راقدة هناك إلى جواره، نائمة وفمها مفتوح ثم يتذكر والطقس بارد ورمادي في المطبخ وينهض ويوقد القنديل ثم يتذكر ويتذكر ثم يضع الخشب في الموقد ويشعله ويعود إلى السرير ثانية وينام تحت البطانية بجوار أليدا، ثم يرقد هناك بالقرب من أليدا ويسمع الموقد يطقطق ويدمدم ويسمع هَزِيم المطر في الشارع وعلى سطح البيت ويشعر بالجوع، لكنهما أحضرا معهما الكثير من الطعام الطيب من مطبخ الأم هيرديس في بروتات، وبمجرد أن يصبح الطقس أدفأ في المطبخ، سوف ينهض ويجد بعض الطعام، ثم في وقت لاحق اليوم، سيذهب إلى السوق وإلى رصيف المرفأ ويبحث عن عمل وبالتأكيد يمكنه أن يعثر على عمل ودخْل، ينظر أسلا إلى أليدا وهي مستلقية ويبدو أنها مستيقظة الآن

يقول أسلا: أنت مستيقظة

تقول أليدا: أنت هنا

يقول أسلا: نعم، نعم أنا هنا

تقول أليدا: حسنًا

ويرقدان وينظران أمامهما هناك وينظران إلى الغرفة حولهما

تقول أليدا: هل أشعلت الموقد

يقول أسلا: نعم نعم

ثم يستلقيان هناك ويسأل أسلا ما إذا كان يجب أن يذهب ليجد شيئًا يأكله وتقول أليدا نعم ليتك تفعل ثم يذهب أسلا ويحضر بعض الطعام ويعتدلان ويجلسان هناك ويأكلان ثم ينهضان، وقد جفت ملابسهما الآن، ويرتديان ملابسهما، ثم يقومان بتفريغ كل ما يملكان وما جلباه معهما في الحزمتين من كوخ الصيد في ديلجيا

تقول أليدا: هل ألقيت نظرة على البيت

يقول أسلا: لا

ثم تفتح أليدا أقرب باب، وعندما يدخل أسلا حاملًا القنديل يرى أنها غرفة معيشة صغيرة وعلى أحد جدرانها عُلقت صور جميلة، وهناك طاولة وكراسي، وهناك باب، وتفتح أليدا الباب ويمشي أسلا حاملًا القنديل ويريان غرفة صغيرة خلف غرفة المعيشة بها سرير مفروش بشكل أنيق، وهناك بطانية على السرير

تقول أليدا: هذا بيت صغير لطيف، أليس كذلك

يقول أسلا: نعم

تقول أليدا: نعم، بيت جميل

ثم تنحني إلى الأمام وتقول إنها تشعر بآلام مبرحة، مبرحة،

في بطنها وكأنها ضُربت، هكذا تقول، وبطنها يؤلمها بشدة، هكذا تقول، لذا ربما، ربما أوشكت أن تضع مولودها، هكذا تقول، وهي تنظر بخوف إلى أسلا ويلف كتفيها بيديه ويساعدها لتصعد على السرير هناك في الغرفة ويغطيها بالبطانية وتتلوى أليدا وتصرخ وتئني واستطاعت أن تقول إنها على وشك الولادة الآن، وعلى أسلا أن يجد أحدًا يمكنه أن يأتي ويساعده

يقول: يساعد

تقول: إنني على وشك الولادة

تقول: عليك أن تجد من يمكنه المساعدة

يقول أسلا: نعم

وهو يرى أن أليدا مستلقية بهدوء الآن، كما تفعل عادة

تقول: إنني على وشك الولادة ويجب أن تُحضر من يمكنه المساعدة

يقول أسلا: من

تقول أليدا: لا أعرف

تقول: لكن يجب أن تجد شخصًا ما

تقول: يجب أن تبحث عن أحد

تقول: في بلدة كبيرة مثل بيورجفين لا بد أن هناك من يمكنه المساعدة

يقول أسلا: نعم

يقول: قابلة، نعم

ثم تصرخ ويتلوى جسدها هناك في السرير وهو يتساءل مَن، مَن

يمكنه المساعدة، لا يعرف أحدًا هنا في بيورجفين، لا أحد في مدينة بيورجفين كلها ومرة أخرى تستلقي أليدا هناك بهدوء وبطريقتها المعتادة

تقول أليدا: عليك أن تذهب وتحضر شخصًا ما

ومرة أخرى تصرخ وهي ترفع بطنها تحت البطانية

يقول أسلا: نعم، نعم حالًا

يمشي إلى المطبخ ويخرج إلى الردهة ثم يخرج إلى الشارع والطقس غائم وشبه مظلم هناك في شارع أنستا، والسماء تمطر، وبالطبع لا يوجد أحد في الأفق، بالأمس كان هناك أناس كُثر في الشارع والآن لا يوجد أي أحد ولكن يجب أن يجد من يمكنه مساعدة أليدا، ويظل يمشي في الشارع، وربما ينبغي أن يمشي إلى نهاية الشارع ثم يذهب إلى السوق، فلا بد أن يعثر على من يساعده هناك وقد وصل إلى نهاية الشارع وعندما يصل إلى نهاية الشارع يتطلع نحو السوق وهناك، أمامه، يرى الرجل الذي رآه بالأمس، الرجل مع العصا والقبعة العالية والوجه الملتحي، الرجل ذا المعطف الأسود الطويل، يقبل نحوه على بعد بضعة أمتار أمامه، يرى الرجل يقبل نحوه وعليه أن يطلب منه المساعدة ويمشي نحو الرجل وينظر إليه

يقول أسلا: أنت

يقول الرجل: نعم

يقول أسلا: هل يمكنك

يقول الرجل: نعم

يقول أسلا: هل يمكنك مساعدتي

يقول الرجل: ربما يمكنني مساعدتك

يقول أسلا: زوجتي على وشك الولادة

يقول الرجل: ولكنني لست قابلة

يقول أسلا: لكن هل تعلم أين يمكنني أن أجد من يساعد

يقف الرجل هناك ولا يقول شيئًا

يقول: نعم هناك سيدة عجوز تسكن هناك في الشارع

يقول: وهي تقوم بهذه الأشياء

يقول: دعنا نسألها

ثم يبدأ الرجل في المشي في شارع أنستا خطوة خطوة ببطء،
يمشي إلى الأمام ببطء ووقار بينما يحرك العصا إلى الأمام في كل
خطوة، وأسلا يمشي خلفه بعيدًا قليلًا ويرى أن الرجل يمشي نحو
البيت الصغير حيث ترقد أليدا الآن في الغرفة وهي تصرخ وتتلوى
ثم يتوقف الرجل أمام البيت حيث وجد أسلا وأليدا مأوى من المطر
والريح والظلام في أواخر الخريف ويدق الرجل الباب ثم يقف هناك
ينتظر ثم يلتفت إلى أسلا ويقول يبدو أن القابلة الشابة ليست في
البيت، ثم يقرع الباب مرة أخرى ويقف هناك وينتظر

يقول الرجل: لا

يقول: لا يبدو أن القابلة الشابة في البيت

يقول: هل هناك شخص آخر

يقول: نعم هناك قابلة عجوز أخرى في سكوتافيكا

يقول: نعم

اذهب إلى السوق، ومنها إلى رصيف المرفأ، ثم استمر

في المشي حتى تصل إلى سكوتافيكا، ثم اسأل هناك عن الاتجاه، هكذا يقول الرجل

ويومئ أسلا ويشكره ثم يستدير ويمشي في الشارع مرة أخرى، في اتجاه السوق ويجتاز السوق ويذهب إلى رصيف المرفأ ثم يمشي على طول رصيف المرفأ والمطر ينهمر والطقس بارد، إنه كذلك، ويتجول أسلا ويجد سكوتافيكا ويسأل أين يمكن أن يجد بيت القابلة العجوز ويعرف مكان بيت القابلة العجوز ويقرع بابها فتفتح الباب وتقول حسنًا، يجب أن تأتي معه ثم تأتي معه ويمشيان إلى البيت الصغير هناك في شارع أنستا

تقول القابلة العجوز: زوجتك في بيت القابلة الشابة إذن

تقول: ولكن إذا لم تكن القابلة الشابة قادرة على المساعدة، فلا يمكنني أن أساعد

ويفتح أسلا الباب ويشعل قنديلًا ويفتح باب غرفة المعيشة وتدخل القابلة العجوز إلى غرفة المعيشة

تقول القابلة العجوز: هل تنام في الغرفة

ويومئ أسلا ويقول: نعم

وكل شيء هناك هادئ الآن، ولا يصدر أي صوت من الغرفة

تقول القابلة العجوز: ابقَ هنا

وتأخذ قنديلًا وتفتح الباب وتدخل الغرفة ثم تغلق الباب خلفها

وكل شيء ساكن، ساكن جدًّا مثل سكون البحر الهادئ والوقت يمر والوقت على حاله ولا يمكن سماع أي شيء يصدر من الغرفة ثم يسمع أسلا دقًّا على الباب ويخرج إلى الردهة ويفتح الباب ويرى

الرجل ذا القبعة العالية والوجه الملتحي والعصا الطويلة والمعطف الطويل يقف هناك

يقول الرجل: إذن أنت هنا

يقول أسلا: نعم

يقول: إن زوجتي قد أتاها المخاض

يقول الرجل: ولكن القابلة الشابة ليست في البيت

ولا يعرف أسلا ماذا يقول

يقول: ليست هي، إنما القابلة العجوز هي التي هنا

يقول الرجل: أنا لا أفهم شيئًا

وفجأة يسمعان صرخة رهيبة، كما لو أن الأرض تنشق، ثم عدة صرخات أخرى، ويهز الرجل رأسه ثم يمشي ببطء حتى شارع أنستا ويخرج أسلا ويمشي في شارع أنستا ويخرج إلى السوق ويمشي على طول رصيف المرفأ ويمشي ويمشي، ثم يمشي عائدًا إلى السوق ثم يسرع في شارع أنستا مرة أخرى ويدخل البيت الصغير هناك ويجد القابلة العجوز تجلس إلى الطاولة في المطبخ

تقول: نعم أصبحت أبًا الآن

تقول: صبي حسن

ثم تنهض القابلة العجوز وتدخل غرفة المعيشة وتفتح باب الغرفة وتقف هناك وتنظر نحو أسلا

تقول القابلة العجوز: لكن هل تعرف أين القابلة الشابة

يقول أسلا: لا

تقول: ولكن ينبغي أن تأتي إلى الغرفة الآن

ويدخل أسلا إلى الغرفة وهناك في السرير ترقد أليدا وعلى
ساعدها تضطجع لفافة صغيرة بشعر أسود
يقول أسلا: الآن وُلد سيجفالد الصغير
ويرى أليدا تومئ
يقول أسلا: الآن أتى سيجفالد الصغير إلى العالم
وينظر أسلا إلى سيجفالد الصغير الذي يفتح عينيه ويرسل منهما
إليه بريقًا أسود وساطعًا، نعم سيجفالد الصغير، هكذا تقول أليدا
ويقف أسلا هناك ويمر الوقت وهي لا تغادر، ثم يسمع القابلة العجوز
تقول إنها يجب أن تعود إلى سكوتافيكا، فهما ليسا بحاجة إليها هنا
بعد الآن، ويقف أسلا هناك فحسب وينظر إلى أليدا وهي ترقد هناك
وتنظر وتنظر إلى سيجفالد الصغير ثم يمشي أسلا ويحمل سيجفالد
الصغير ويرفعه في الهواء
يقول أسلا: نعم ها هو
تقول أليدا: لا يوجد أحد سوانا
يقول أسلا: أنتِ وأنا
تقول أليدا: وسيجفالد الصغير

أحلام أولاف

أخذ يمشي بمحاذاة المُنْعَرَج، وبمجرد أن انعطف عند المُنْعَرَج،
رأى الفيورد، هكذا يفكر أولاف، فهو الآن أولاف، وليس أسلا،
والآن أليدا ليست أليدا، إنما أوستا، الآن هما أوستا وأولاف فيك
هكذا يفكر أولاف، ويفكر في أن عليه الذهاب اليوم إلى بيورجفين
ليقضي مشواره هناك، وقد انعطف في المُنْعَرَج، والآن يرى أن
الفيورد يتلألأ، والآن فقط يراه، لأن اليوم الفيورد يتلألأ، نعم في
بعض الأحيان يمكن أن يتلألأ الفيورد، وعندما يتلألأ تنعكس
الجبال على سطح الفيورد وفيما وراء الانعكاسات يقبع الفيورد
أزرق زاهيًا بصورة مدهشة، ولمعان الفيورد الأزرق يتلاقى مع
بياض وزرقة السماء على نحو غير محسوس، هكذا فكر أولاف،
ويرى رجلًا يمشي أمامه على الطريق، يسبقه بمسافة كبيرة جدًّا،
صحيح، ولكن من هو، هل يعرف الرجل، ربما رآه من قبل، كان
هناك شيء ما في الطريقة التي يمشي بها وهو مُنْحَنٍ، لكنه غير متأكد
ما إذا كان قد رآه من قبل أم لا، لا، ولماذا كان هذا الرجل يمشي هنا
أمامه على طول الطريق في بارمين، لأنه لم يكن هناك أي شخص

قَطُّ، والآن ظهر الرجل فجأة، هناك، والآن كان يمشي أمامه على الطريق ولم يكن الرجل ضخمًا، بل ضئيلًا جدًّا، وكان الرجل يرتدي ملابس سوداء وكان يمشي ببطء، مُنْحَنٍ قليلًا، وخطواته متمهلة، كأنه يمشي خطوة خطوة وهو مُنْحَنٍ، هكذا كان يمشي، وكأنه كان يمشي وهو يفكر، ربما، هكذا كان يمشي، وعلى رأسه قبعة رمادية مَحبوكة، فلماذا يمشي ببطء هكذا، لا بد أنه يمشي ببطء لأن أولاف يقترب منه شيئًا فشيئًا بغض النظر عن بطئه، هو لا يريد أن يمشي ببطء، يريد أن يمشي بسرعة قدر المستطاع، يريد أن يمشي إلى بيورجفين ويقضي مشواره هناك ويقوم بما يجب عليه القيام به، ثم يريد أن يعود إلى البيت مرة أخرى بأسرع ما يمكن، إلى أوستا وسيجفالد الصغير، لكن أيمكنه أن يتجاوز الرجل وكأنه عدم، قد يمكنه، ولا بد أن يفكر، هكذا يفكر أولاف، وحتى لو كان يمشي ببطء قدر استطاعته فإنه يقترب من الرجل أكثر فأكثر، ولماذا جاء هذا الرجل إلى هنا، لم يأتِ أي أحد إلى هنا من قبل قَطُّ طوال الفترة التي عاشاها في بارمين، فلماذا كان الرجل يمشي هناك أمامه على الطريق، كالعائق تقريبًا، لأنه إذا مشى بشكل مُطَّرد، بوتيرته المعتادة، كان سيتخطى الرجل منذ وقت طويل، وسوف يستغرق الأمر وقتًا أقصر بكثير إذا سار بأسرع ما يمكن، عندها كان سيتخطى الرجل، وأن يتخطى الرجل، لا يريد أن يفعل ذلك، فعندئذ سيراه الرجل وربما تحدث إليه أيضًا، وربما سيتعرف عليه، لأنه ربما كان يعرف الرجل، أو أنه قابله من قبل، قد يكون، وفي كل الحالات ربما كان الرجل يعرفه، وحتى لو لم يكن يعرف الرجل فربما الرجل يعرفه،

نعم بالطبع، وربما كان هذا هو السبب الذي جعل الرجل يأتي هنا، ربما جاء إلى هنا كي يعثر عليه، ربما يمشي هناك كي يبحث عنه هو بالذات، ربما جاء من مكان كان يبحث عنه فيه، وذاهب إلى مكان آخر، حيث كان يبحث عنه، هكذا يفكر أولاف، هذا ما يبدو عليه الأمر هذا هو الرجل الذي يتبعه، ولماذا، لماذا كان الرجل يبحث عنه، وماذا يمكن أن يكون السبب، ولماذا يمشي الرجل ببطء، يفكر أولاف، ويبدأ في المشي ببطء أكثر وينظر إلى الفيورد ويرى أنه يتلألأ وأنه أزرق، ولماذا يحدث هذا في اليوم الذي يتلألأ فيه الفيورد أخيرًا، أن يمشي الرجل أمامه، رجل أسود، رجل ضئيل، رجل منحنٍ، بقبعة رمادية محبوكة، وماذا يريد هذا الرجل، بالتأكيد لا يريد منه خيرًا، ولكن لا يمكن أن يكون الأمر كذلك، لأن الرجل لا يريد أي شيء منه، لماذا يأتي الرجل إلى هنا كي يبحث عنه لماذا يفكر هكذا، فيمَ يفكر، يفكر أولاف، ليت الرجل لا يستدير وينظر إليه، لأنه لا يريد أن يلاحظه الرجل مطلقًا، ولكن الرجل يمشي ببطء شديد ومن ثم يجب عليه أن يمشي ببطء أيضًا، ثم يتوقف الرجل، فيتوقف أولاف أيضًا، ولا يمكنه أن يظل واقفًا هناك هكذا، فهو في طريقه إلى بيورجفين، وهو يريد المشي بأسرع ما يمكن مباشرة إلى بيورجفين ويقضي مشواره ثم يعود إلى البيت مرة أخرى، لذا فهو لا يمكنه الوقوف هناك هكذا وينظر إلى الرجل الذي أمامه على الطريق، وبدلًا من الوقوف هناك بهذه الطريقة عليه أن يبدأ في الجري، ربما ينبغي له أن يقفز وأن يركض كي يتخطى الرجل، وإذا نادى الرجل عليه، فلن يجيب، كان يركض بأسرع ما يمكن،

يركض فيتخطاه، يتخطى الرجل، لأنه لا يستطيع أن يبقى واقفًا هكذا، ويمشي هكذا، بمثل هذا البطء، هو الذي لم يمشِ هكذا قطُّ، كان دائمًا يمشي بشكل مُطَّرِد إلى الأمام، ما لم يركض، لأنه أحيانًا كان يركض، وهذا أيضًا حدث، لكنه لم يكن يحدث في كثير من الأحيان، لا لا أستطيع الاستمرار هكذا، يفكر أولاف، ثم يبدأ في المشي بالطريقة التي يمشي بها عادة، بشكل مُطَّرِد، ويقترب ويقترب من الرجل ويقف إلى جانب الرجل، وعندما يصبح بجوار الرجل، ينظر إليه الرجل ويرى أنه رجل عجوز، ويتوقف الرجل العجوز

يقول الرجل العجوز: لا، أهو أنت

ويتنفس بصعوبة

يقول: نعم إنه ذلك الرجل

ويستمر أولاف في المشي، لأنه كان هناك شيء مألوف في الرجل العجوز، ولكن أين رآه من قبل، فهل كان في ديلجيا، في بيورجفين، وهو لم يرَه في بارمين من قبل، كان على يقين من ذلك، لأنه لم يكن هناك أي أحد، وهو نفسه لم يرَ أحدًا اليوم، لم يرَ أحدًا قبل اليوم على الأقل

يقول الرجل العجوز: نعم، هذا هو أنت

ويواصل أولاف المشي ولا يلتفت خلفه، لأن الرجل العجوز يبدو أنه تعرف عليه

يقول الرجل العجوز: ألا تعرفني

يقول: مرحبًا يا أسلا

يقول: أنا أريد أن أتحدث معك

يقول: لديَّ شيء أسألك عنه

يقول: يمكنني أن أقول إنه بسببك أنا هنا

يقول: أنا، أنت تعرفني، أليس كذلك

يقول: يا أسلا انتظر

يقول: توقف يا أسلا

يقول: أنت بالتأكيد تتذكرني

يقول: ألا تتذكر آخر مرة التقينا فيها

يقول: أنت بالتأكيد تتذكرني

يقول: نعم تتذكرني

يقول: توقف الآن وتحدث إليَّ قليلًا فأنا جئت إلى هنا لرؤيتك

يقول: وسافرت إلى هنا للبحث عنك، عنكما، نعم كي أكون
صريحًا

يقول: سمعت أنك تعيش في مكان ما هنا ولكنني لم أعثر على
البيت الذي تعيش فيه

يقول: يا أسلا، يا أسلا، توقف الآن

ويحاول أولاف بكل ما في وسعه أن يتذكر من هو هذا الرجل
العجوز، ولماذا يقول أسلا، وإنه جاء هنا ليتحدث إلى أسلا، ويمشي
أولاف بأسرع ما يمكنه حتى يبتعد عن الرجل العجوز، فما الذي يريده
منه، ولكن اركض، لا يريد أن يركض، يريد أن يمشي فقط، وسوف
يمشي بأسرع ما يمكنه، لأن الرجل العجوز يمشي ببطء شديد،
وبخطوات متمهلة وقال إنه جاء إلى هنا للبحث عنه، أو عنهما، هكذا
يفكر أولاف، وما دام يقول ذلك، فإنه يجب أن يكون كلامه صحيحًا،

أو ربما يقول ذلك لإخافته فحسب، وربما يفعل ذلك ليحكم قبضته عليه، وكيف عرف اسمه، هكذا يفكر، ولكن الرجل العجوز ضئيل جدًّا، ومنحنٍ جدًّا، لذا يمكنه أن يتولى أمره، إذا اقتضى الأمر، هكذا يفكر أولاف

يقول الرجل العجوز: لماذا هذا الرجل في عجلة من أمره

يقول: انتظر

يقولها بصوت عالٍ لأولاف، وكان صوته رفيعًا، وفي صوته حِدَّة عندما ينادي، ويواصل أولاف المشي وهو يفكر في أنه لن يجيب، لن يجيب، هكذا يفكر

يقول الرجل العجوز: نعم، معقول

لن يستدير إليه، هكذا يفكر أولاف، لأن الرجل العجوز يسبقه الآن قليلًا بالفعل، الآن هو يمشي بالوتيرة المعتادة، بشكل مُطَّرد، يمشي بشكل منتظم، وسوف يستمر في المشي، هكذا يفكر، ثم يدير رأسه، لفترة وجيزة فقط

يقول الرجل العجوز: أنت في عجلة من أمرك إلى هذا الحد

يقول: انتظر، انتظر

يقول: ألا تتذكرني

يقول: ألا تتذكر

يقول: ها، يبدو أنك لا تتذكرني

يقول: من المؤكد أنك تتذكرني

يقول: توقف

يقول بصوت عالٍ: توقف يا أسلا

ويكاد أن يصرخ فيه بصوت يحمل صريرًا وأنينًا مرعبين فيتوقف أولاف ويلتفت نحو الرجل العجوز

يقول أولاف: لا تتدخل في شؤوني

يقول الرجل العجوز: لا، لا

يقول: ولكن ألا تتذكرني

يقول أولاف: لا

يقول الرجل العجوز: لا، حسنًا، أنت شخص جيد

في هذه اللحظة جفل أولاف وتراجع مبتعدًا عن الرجل العجوز، ثم فكر أولاف، أن الأمور لن تسير على ما يرام مرة أخرى، هكذا، يفكر، إنها دائمًا تسير على هذا المنوال، ولماذا عليه أن يقول هذا، لا ينبغي أن يتدخل الرجل العجوز في شؤونه، فلماذا يقول دائمًا هذه الأشياء، ما خطبه، لماذا لا يقولها مباشرة، بالطريقة الصحيحة، لماذا هو هكذا، هكذا يفكر أولاف وفي الوقت نفسه ينتابه فجأة شعور مغاير تمامًا، يرى من منظور مغاير تمامًا، أو يسمع أشياء مغايرة تمامًا، ربما، أو أيًّا كان، والرجل العجوز، أيًّا كان، هكذا يفكر أولاف ويستدير، أين الرجل العجوز، كان هناك، إنه تحدث إليه، رآه هناك توًّا، أولم يفعل، نعم، نعم بالطبع رآه، ولكن أين هو الآن، لا يمكن أن يكون قد تلاشى في الهواء، يفكر أولاف ويواصل المشي، ويمشي لأنه ذاهب الآن إلى بيورجفين وهناك سوف يقضي مشواره ثم سيعود إلى البيت مجددًا إلى أوستا وسيجفالد الصغير، وبعد ذلك، عندما يعود إلى البيت مرة أخرى، سوف يلبسان الخاتمين في إصبعيهما، حتى لو لم يكونا متزوجين، سيبدو على الأقل أنهما كذلك، فما زال

المبلغ المال الذي حصل عليه مقابل الكمان وسوف يشتري خاتمين، لقد خصص المال لهذا الغرض، نعم، الآن، سيفعل الآن في هذا اليوم الرائع، في هذا اليوم الذي يتألق فيه الفيورد باللون الأزرق، سوف يمشي إلى بيورجفين وهناك سيشتري الخاتمين ثم سيعود إلى البيت مجددًا إلى أوستا وسيجفالد الصغير ولن يتركهما ثانية أبدًا، هكذا يفكر أولاف، ولا يفكر سوى في أوستا فقط، وعندما يعود إلى البيت سيضع الخاتم في إصبع أوستا، ولن يتركها ثانية أبدًا ولن يفكر في شيء آخر سوى أوستا فقط وفي الخاتم الذي سيلبسها إياه في إصبعها، ويواصل المشي وكل ما كان يفكر فيه هو أوستا والخاتم وهو يمشي الآن ثم وصل إلى بيورجفين وهو يمشي في شارع لم يسبق أن سار فيه من قبل، وهناك على قارعة الطريق مباشرة، يرى أن الشارع ينتهي بباب على بُعد أمتار قليلة منه ويمشي إلى الباب، إنه بُنِّي وثقيل هكذا يبدو، ويفتح الباب ويدخل إلى ردهة مظلمة حيث رُصَّت جذوع أشجار خشبية بعضها فوق بعض ثم يسمع أصواتًا، وفي نهاية الردهة يرى نورًا، ويسمع أصواتًا، أصواتًا كثيرة تتحدث في آنٍ واحد لذا كان هناك لغط ويستمر في المشي عبر الردهة وإلى النور ويرى أن الوجوه نصف مُضاءة بالمصابيح والنصف الآخر يخبئه الدخان ويرى العيون والأسنان والقبعات والرؤوس جالسين هناك حول الطاولة والقبعات والرؤوس شديدة القرب بعضها من بعض، وفجأة دوَّى الضحك بين الجدران والقليل منهم يقف عند المنضدة ويتلفت أحدهم حوله وينظر إليه مباشرة ثم يتسلل أولاف متجاوزًا عدة طاولات وهم يقفون أمامه، يظل واقفًا هناك ولا يمكنه

الوصول إلى أي مكان، والآن يقف العديد من الناس خلفه، لذا عليه أن يبقى هناك، إذا كان يريد الوصول إلى المنضدة ليحصل على قَدَح بيرة فيجب أن يكون صبورًا، هكذا يفكر، ولكن الأمر سيكون على ما يرام، هكذا يفكر، لأن الأمر هنا ليس سيئًا للغاية، فهناك أضواء وضحكات، هكذا يفكر أولاف، وهو يقف ولا أحد يلاحظ أنه يقف هناك، وكل واحد مشغول بما يخصه، ويتحدث إلى شخص أو آخر، وكل الأصوات لغط، ولا يمكن تمييز صوت عن آخر، أو وجه عن آخر، كل الأصوات كأنها صوت واحد يبقبق وكل الوجوه كأنها وجه واحد ثم يلتفت شخص يرتدي قبعة رمادية محبوكة على رأسه ويمسك قَدَح بيرة في يده، إنه الرجل الذي كان يمشي أمامه صباح اليوم في بارمين، والآن ها هو هناك مرة أخرى، الرجل العجوز، وهو يمشي نحو أولاف وينظر مباشرة إلى وجهه

يقول الرجل العجوز: ها أنت ذا

يقول: لقد وصلت قبلك

يقول: أنا أعرف الطريق أفضل منك

يقول: لقد سلكت طريقًا مختصرًا

يقول: ها

يقول: أنت مشيت بسرعة، نعم

يقول: لكنني وصلت قبلك

يقول: وأنا، أنا كنت أعرف أين سأجدك، ينبغي أن تفهم ذلك

يقول: بالطبع كنت أعرف أنك ستأتي إلى حانة «شينكستوفا»، كان هذا واضحًا

يقول: لا يمكنك خداعي

يقول: لن تخدع رجلًا عجوزًا مثلي بسهولة

يقول: أنا أعرف أمثالك

ويرفع الرجل العجوز قَدَح البيرة إلى فمه ويشرب ثم يمسح فمه

يقول: هكذا

ويرى أولاف أن هناك فراغًا أمامه فيتحرك إلى الأمام ويشعر بأن

ثَمَّة تَنميلًا في ظهره

يقول الرجل العجوز: الآن إذن سوف تذهب لإحضار قَدَح البيرة

ويفكر أولاف أنه ينبغي ألا يجيب، لن يقول كلمة واحدة

يقول الرجل العجوز: لا بد أن تحتسي قَدَحًا

يقول: لعلك تحتاج إلى ذلك

وهناك رجل آخر يقف أمام أولاف ويستدير وهو يمسك قَدَح

البيرة بالقرب من صدره بإحكام، ويفسح لأولاف ويتوقف ثم يقف

هناك ممسكًا بالقَدَح ويرفع القَدَح إلى فمه بينما يمر أولاف من ورائه

ويقترب قليلًا من المنضدة

يقول الرجل العجوز: سنتحدث فيما بعد

يتكلم وهو واقف خلف أولاف مباشرة

يقول: سأنتظر وحسب

يقول: ستحصل لنفسك على قَدَح بيرة، ثم سنتحدث

يقول: سأبقى هنا في حانة «شينكستوفا»

وينظر أولاف مباشرة إلى الأمام، والآن لا يوجد سوى شخص

واحد بينه وبين المنضدة، لكن الناس يجلسون جنبًا إلى جنب على

المقاعد حول المنضدة والرجل الذي يقف أمام أولاف يحاول أن يدفع نفسه بين اثنين يجلسان هناك ثم يمسك أحدهما بكتف الرجل الذي يريد الوصول إلى المنضدة ويدفعه إلى الخلف فيمسك الرجل الذي يريد أن يصل إلى المنضدة بكتف الرجل الجالس هناك ثم يشتبكان ويقولان شيئًا بعضهما إلى بعض ولكن أولاف لا يستطيع سماع ما يقولانه ثم يفلت أحدهما الآخر ويتراجع الرجل الذي كان جالسًا والرجل الذي يريد الوصول إلى المنضدة يقف هناك والآن جاء دور أولاف، هكذا يفكر، وتسير الأمور سريعًا، هكذا يقول، فقد أوشك أن يحصل الآن على قَدَح بيرة، ثم يلتفت الرجل الواقف عند المنضدة ويكاد أن يدفع قدح البيرة إلى صدر أولاف ثم يلتفت ويبعد القَدَح بعيدًا عن أولاف ثم يتابع أولاف حركة ذراعه ويصل أولاف إلى المنضدة فيقف هناك وينظر إلى أحد نُدُل البيرة ويلوح أولاف أمام وجه النادل فيرفع قَدَح البيرة إلى أولاف ويضعه أمام أولاف الذي يخرج ورقة نقدية ويعطيها للرجل الذي يصب البيرة ويأخذ منه أولاف عملة معدنية وقَدَح البيرة والقَدَح في يده والآن هناك ثلاثة أو أربعة يقفون في صف واحد خلفه فيتنحى جانبًا ويرفع القَدَح إلى فمه

يقول أحدهم: في صحتك

وينظر أمامه فيرى الرجل العجوز يقرع قَدَحه بقَدَح أولاف

يقول الرجل العجوز: لا يمكنني أن أقول إن بك كثيرًا من الطاقة

يقول: ولكن بعدما تشرب قليلًا، سيتحسن الأمر

يقول: يمكنني الانتظار

يقول شخص آخر: من أنت إذن

يلتفت أولاف جانبًا ويرى وجهًا طويلًا تحت شعر أشيب على الرغم من أن الرجل الذي يقف هناك لا يمكن أن يكون أكبر سنًّا بكثير من أولاف

يقول أولاف: أنا

يقول الآخر: نعم

يقول أولاف: من أنا

يقول الآخر: لقد وصلت توًّا

ينظر إليه أولاف

يقول أولاف: نعم أنا مررت فقط على بيورجفين

يقول الآخر: أنا أيضًا

يقول أولاف: هل جئت هنا من قبل

يقول الآخر: لا، هذه هي المرة الأولى

يقول: أنا من الشمال

يقول: لقد وصلت إلى هنا بالأمس، ولا يمكنك العثور على مدينة أكبر وأفضل من بيورجفين

يقول أولاف: جئت بحرًا

يقول: نعم، على متن المركب إليسا، المحمل بالكامل

يقول: إنه محمل بالكامل بأجود الأسماك المجففة

يقول: وتقاضينا ثمنًا جيدًا للأسماك، نعم فعلنا

يقول: لا يمكنني قول كلمة واحدة ضد التاجر

يقول أولاف: والآن ستبقى في بيورجفين لبضعة أيام

يقول الآخر: وبعدها سأعود إلى البيت مرة أخرى

ويضع يده في جيبه ويخرج سوارًا من الذهب الأكثر اصفرارًا واللؤلؤ الأكثر زرقة، إنه أجمل ما شاهد أولاف وهذا ما ستحصل هي عليه، هكذا يقول وهو يرفع السوار أمام أولاف

يقول: هي التي في البيت، هي التي خطبتها

يقول أولاف: نعم، سوار رائع

وهو يعتقد أن ذلك شيء لا بد أن يشتريه هو أيضًا لأوستا، نعم، هكذا يفكر

يقول الآخر: اسمها نيلما

كم سيبدو هذا السوار جميلًا في ذراع أوستا، هكذا يفكر أولاف

يقول: هي وأنا مخطوبان، نعم، نيلما وأنا

يقول: والآن، نعم، كل ما كسبته أنفقته لشراء هذا السوار من أجلها

ويستطيع أولاف أن يتخيل السوار بوضوح في ذراع أوستا، كما لو كان ينظر إليه حقيقة، ينبغي أن يحصل على واحد مثله، نعم، لقد ذهب إلى بيورجفين لشراء الخاتمين، لذلك سوف يبدو الأمر وكأنهما متزوجان، هو وأوستا، ولكن ما قيمة الخاتم مقارنة بسوار مثل هذا، نعم، نعم، سيعود إلى البيت ثانية ومعه سوار لأوستا، يفكر أولاف، والرجل الآخر يعيد السوار إلى جيبه ويمسك بيده

يقول: أوسجاوت

يقول: أنا اسمي أوسجاوت

يقول أولاف: وأنا اسمي أولاف

يقول أوسجاوت: أنت أيضًا لست من بيورجفين، حسبما سمعت

يقول أولاف: بلى، بلى

يقول: لقد جئتُ من مكان أبعد، شمال هذا المكان

يقول أوسجاوت: من أين

يقول أولاف: مكان يُدعى فِيك

يقول أوسجاوت: إذن أنت من فِيك

يقول أولاف: نعم

يقول: لكن من أين يمكنك شراء شيء كهذا

يقول أوسجاوت: السوار

يقول أولاف: نعم

يقول أوسجاوت: اشتريت سواري من متجر على رصيف المرفأ،
فقد حالفني الحظ لأن هناك كل أنواع الحلي، نعم، إن ما
يمكنك الحصول عليه من هناك مذهل، لم أكن أتخيل أن
أجد كل تلك الحلي في العالم كله

يقول: هل تريد شراء سوار أنت أيضًا

يقول أولاف: نعم، نعم أريد

يقول أوسجاوت: لكنه باهظ الثمن

يقول أولاف: وجميل جدًّا

يقول أوسجاوت: نعم، جميل

ويفكر أولاف أنه بمجرد أن ينهي شرابه سوف يغادر ويمشي إلى
المتجر على رصيف المرفأ، فينبغي أن يحضر سوارًا كهذا لأوستا،
وهذا مؤكد، هكذا يفكر

يقول: هل تبقت أساور أخرى من هذا النوع

يقول أوسجاوت: هناك واحد، على ما أظن

ويرفع أولاف قَدَح البيرة إلى فمه ويشرب ثم يضع القَدَح ويرى وجه الرجل العجوز أمامه، وعينَيه الحولاوَين، وفمه الضيق

يقول الرجل العجوز: أنت من فِيك إذن، أليس كذلك

يقول: أنا، أنا سأقول لك من أين أنت

يقول أولاف: أنا من فِيك، نعم

يقول الرجل العجوز: نظرًا لأنك أسلا، ولا تريد أن تقول من أين أنت، سأقول لك أنا

يقول أولاف: أنا لست أسلا

يقول الرجل العجوز: لست أنت

يقول أولاف: بلى

يقول أوسجاوت: أنا أعرف، أنا، أعرف ما اسمه ومن أين أتى، لأنه قال لي

يقول: أنا أعرف أن اسمه أولاف

يقول: وأنه جاء من فِيك

يقول الرجل العجوز: إنه هو

يقول أولاف: نعم، نعم إنه يعرف كل شيء، لقد أخبرته

يقول الرجل العجوز: قل لي من أين أنت

وأولاف لا يجيب

يقول الرجل العجوز: أنت من ديلجيا

يقول أوسجاوت: أنا، أنا من موساو

يقول: من موساو، في الشمال

يقول: لا بد أن هناك أحدًا من موساو، في الشمال، لا يمكن أن

يكون الجمع من بيوت جفين وإلا لما أتى هنا أحد بالسمك،
بأجود أنواع السمك المجفف
يقول الرجل العجوز: نعم هو بالفعل من ديلجيا
يقول: اسمه أسلا وهو من ديلجيا
ويقفان هناك من دون أن يقول أي منهما شيئًا
يقول أوسجاوت: في صحتكم إذن
ويرفع قَدَح البيرة
ويرفع الرجل العجوز قَدَح البيرة أمام صدره ويقرع قَدَح أولاف
يقول أولاف وهو يقرع قَدَح البيرة بقَدَح أوسجاوت: في صحتك
ثم يقرعان القَدَحين
يقول الرجل العجوز: ألا تريد أن تقول لي في صحتك
يقول: لا بأس، لا بأس، أفعل ما تشاء
ويرفع الرجال الثلاثة أقداحهم إلى أفواههم ويحتسونها
يقول الرجل العجوز: ديلجيا، نعم
يقول: قُتل رجل هناك، أليس كذلك
يقول أولاف: حقًّا
يقول: لا لم أكن أعرف ذلك
يقول: ومن كان يا تُرى
يقول الرجل العجوز: أظن أنه كان صيادًا يعيش في كوخ صيد
يقول: ثم
يقول وهو ينظر إلى أولاف: نعم، ثم عُثر على امرأة ميتة، وبعد
ذلك اختفت الابنة

يقول الرجل العجوز: كان هناك شخص يدعى أسلا، يعيش في
كوخ الصيد قبل أن يأتي الرجل الذي قُتل هناك

يقول: أنت من كنت تعيش هناك، قبل أن يجيء الصياد

ويرى أولاف الرجل العجوز يفرغ قَدَح البيرة في فمه والرضا
يبدو عليه

يقول: والشيء الغريب أن المرأة العجوز هنا اختفت في الوقت
نفسه تقريبًا

يقول الرجل العجوز: في بيورجفين، ولم يعثر عليها أحد قَطُّ،
كانت قابلة

يقول: كنت أعرفها جيدًا

يجفف فمه ويستدير نحو المنضدة ويقف أولاف هناك وينظر
إلى قَدَح البيرة ويسمع أوسجاوت يسأله إذا لم يكن قد عاد إلى بيته
منذ مدة طويلة

يقول أولاف: نعم، منذ عدة سنوات

يقول أوسجاوت: نعم، هذا كثيرًا ما يحدث

يقول: عندما يبتعد المرء، نعم، يمكن أن تمر عدة سنوات قبل أن
يعود إلى البيت مرة أخرى

يقول: وإذا لم يكن من أجل نيلما، أظن أنني كنت سأبقى في
بيورجفين أنا أيضًا، لأنها مدينة كبيرة وجميلة

ثم يأخذ أوسجاوت مرة أخرى سوار الذهب الأكثر اصفرارًا
واللؤلؤ الأكثر زرقة، ويظل واقفًا هناك حاملًا السوار بينه وبين أولاف،
وكلاهما ينظر إليه

يقول أوسجاوت: هل ستشتري واحدًا مثله أنت أيضًا

يقول أولاف: أوه نعم، سأفعل

يقول أوسجاوت: نعم، يجب عليك، إذا كان لديك مال

يقول أولاف: نعم

ثم يرى أنه لم يتبقَّ إلا القليل في قَدَح البيرة فيرفعه إلى فمه ويفرغه

ثم يرى الرجل العجوز يقف أمامه وفي يده قَدَح بيرة قد امتلأ عن آخره

يقول الرجل العجوز: ألا تريد أن تعود إلى بيتك إذن

يقول أولاف: بيتي

يقول الرجل العجوز: نعم، في ديلجيا

يقول أولاف: أنا لست من ديلجيا

يقول الرجل العجوز: أليس لديك أقارب هنا

يقول أولاف: نعم

يقول الرجل العجوز: حسنًا

يقول الرجل العجوز: نعم، في ديلجيا، قُتل رجل هناك، نعم

ثم يرفع قَدَح البيرة إلى فمه مرة أخرى ويحتسيه

يقول أولاف: من قتله

يقول الرجل العجوز: من يدري

ويوجه القَدَح نحو أولاف وهو يرمقه بعينيه الحولاوين

يقول: مَن يدري مَن يمكن أن يكون

يقول: أنت لا تعرف أي شيء عن هذا الأمر، أليس كذلك

وأولاف لا يجيب

يقول أولاف: ولم يلقوا القبض عليه، على القاتل

يقول الرجل العجوز: لا، لا، حسب علمي لا

يقول: حتى الآن لم يعثروا عليه

يقول أولاف: يا له من شيء رهيب

يقول الرجل العجوز: نعم، إنها فعلة رهيبة

ثم يقفان هناك من دون أن يقول أي منهما شيئًا ويستطيع أولاف أن يرى أنه لم يتبقَّ إلا القليل في قَدَح البيرة ويفكر أنه سوف يحتسيه ببطء الآن، ولكن لماذا يفعل ذلك، هكذا يفكر، ولماذا ذهب أصلًا إلى حانة «شينكستوفا»، فليس لديه ما يفعله هنا، لماذا يقف وسط هذا اللغط، وهذا الرجل العجوز، سيبدأ قريبًا في الحديث معه مجددًا، لذلك عليه أن ينهي شرابه ثم يخرج من هنا، فينبغي الآن أن يذهب مباشرة إلى المتجر الذي على رصيف المرفأ ويشتري سوارًا لأوستا، يمكن للخاتم أن ينتظر حتى وقت لاحق، هكذا يفكر، لا، إنه سوف يفعل ذلك حالًا حالًا، ولكن هل لديه ما يكفي من المال ليفعل ذلك، هكذا يفكر، لا، لا هو متأكد أنه لا يملك ما يكفي، فكيف سيحصل على السوار، هكذا يفكر ثم يسمع الرجل العجوز يقول حسنًا يا، أسلا، حسنًا، أستطيع أن أتفهم أنك لا تريد أن تعود إلى ديلجيا

يقول أولاف: اسمي ليس أسلا

ويسمع الرجل العجوز يقول: لا، لا تريد ذلك بالطبع، بالطبع اسمه ليس أسلا

يقول أولاف: لا اسمي أولاف

يقول الرجل العجوز: اسمك أولاف إذن، نعم

يقول أولاف: نعم أولاف

يقول الرجل العجوز: نعم، أنا أيضًا أدمى أدمى أولاف

يقول: أنا الذي أدعى أولاف، وليس أنت

ويضحك وهو يرفع قَدَح البيرة نحو أولاف

يقول: أنا

يقول أولاف: نعم

يقول: أنا، أنا لديَّ أقارب في ديلجيا

يقول أولاف: نعم

يقول: لقد وُلدتُ هناك

يقول أولاف: نعم

يقول: في مزرعة صغيرة، نعم، معزولة تمامًا هناك

يقول أولاف: نعم

يقول: ثم عدت إلى هناك عدة مرات نعم، ليس في كثير من الأحيان

يقول: ليس في كثير من الأحيان، لا

يقول: أنا أفضل البقاء هنا في بيورجفين

يقول: ولكن في آخر مرة كنت هناك، سمعت عن الفعلة الشريرة
التي ارتكبها أحدهم

وينظر إلى أولاف، طويلًا، ثم يهز الرجل العجوز رأسه يمنة ويسرة
المرة تلو الأخرى، ويفكر أولاف في أن عليه الآن أن يفر من هنا، لماذا
يا تُرى جاء هنا إلى حانة «شينكستوفا»، الآن سوف يذهب إلى المتجر
على رصيف المرفأ ويشتري لأوستا سوارًا من الذهب الأكثر اصفرارًا
واللؤلؤ الأكثر زرقة، هكذا يفكر أولاف، ويسمع الرجل العجوز يقول
إنه يدرك أنه يقف الآن يثرثر مع قاتل، لكنه لن يخبر أحدًا، لا لن يفعل،

لماذا يريد أن يقدم أسلا إلى العدالة، لا أبدًا، لماذا يريد أن يفعل، هكذا يقول، لا، لا، ليس الأمر كذلك لأنه لن يقول أي شيء، وفي كل الأحوال لن يقول أي شيء إذا كان أولاف يستطيع أن يعطيه ورقة نقدية أو اثنتين أو ثلاثًا، أو ربما يدعوه إلى قَدَح بيرة، هكذا يقول أيضًا

يقول: بالطبع لم يكن أنت

يقول: بالطبع لا

يقول أولاف: أنا

يقول الرجل العجوز: من المفترض أن القاتل اسمه أسلا

يقول: هذا ما يقولونه في ديلجيا

يقول: نعم قيل ذلك في المرة الأخيرة التي كنت فيها هناك

يقول: هذا على الأقل ما يُقال

يقول: نعم، هذا ما قيل لي عندسا كنت في ديلجيا آخر مرة ويحتسي أولاف البيرة

يقول الرجل العجوز: نعم أنا من ديلجيا، نعم

يقول: لقد جئت من مزرعة صغيرة في ديلجيا، نعم، ليس فيها شيء سوى أرض صخرية يتخللها بعض من تربة المستنقعات المشبعة بالماء

يقول: كما أن هناك البحر، والفيورد والمحيط والأسماك، نعم

يقول: لكن في المكان الذي نشأت فيه، لا يعيش أحد هناك الآن

يقول: هذا ما سارت عليه الأمور

يقول: ولأنها أرض صخرية يتخللها شيء من تربة المستنقعات المشبعة بالماء فلا يمكن أن تطعم الكثير، لا

يقول: لا يمكنك العيش هناك

يقول: كان على الجميع أن يرحل

يقول أولاف: كما فعلت أنا وأنت

وينظر أولاف حوله وهو يحاول العثور على مكان يضع فيه قَدَح البيرة الفارغ، لأنه لا يمكنه البقاء هنا، ولماذا جاء هنا يا تُرى، إلى حانة «شينكستوفا»، إنه مكان مزدحم، ولماذا يقف هناك يستمع إلى رجل عجوز يثرثر، والآن يقف هناك ينظر إليه بغرابة، وماذا يريد الرجل العجوز منه، لا يجب أن يبقى هنا، بالطبع لا، هكذا يفكر أولاف

يقول الرجل العجوز: هل لي أن أدعوك إلى قَدَح بيرة

يقول أولاف: لا شكرًا، يجب أن أذهب

يقول الرجل العجوز: لكن، نعم، ربما يمكنك أن تدعوني أنت إلى قَدَح واحد

ويرميه أولاف بنظرة

يقول الرجل العجوز: حالي ليس متيسرًا

يقول: نعم، شيء بشع أن أطلب منك ذلك بالطبع

يقول: أنا تقريبًا أشعر بالخجل بالفعل

يقول: نعم، هذا ما أشعر به

يقول: أشعر بالخجل، إلا أنني ظمآن أيضًا، لا يمكنني إنكار ذلك

وأولاف لا يجيب

يقول الرجل العجوز: أنت لا تريد

يقول: أنت أيضًا لا تملك كثيرًا من المال

يقول: ليس لدى كثير من الناس مال

يقول: لا أحد تقريبًا

يقول: وعلى الرغم من ذلك ما زال الجميع يشترون ويشترون، ينفقون وينفقون، قَدَح بيرة وراء آخر

يقول أولاف: أعتقد أنه يجب عليَّ أن أغادر

ويسمع أوسجاوت يقول: هل ستغادر

يقول أولاف: نعم لا بد

سوف يذهب الآن لشراء سوار من الذهب الأكثر اصفرارًا واللؤلؤ الأكثر زرقة، ويسأل أوسجاوت عما إذا كان يعرف المتجر الذي يقع على رصيف المرفأ حيث يبيعون أشياء من هذا القبيل، ويقول أولاف لا، لا يعرف، ويقول أوسجاوت إن بوسعه أن يريه المتجر إذا رغب، لأن الجميع يرحلون عن حانة «شينكستوفا» الآن، كلهم يخرجون من الباب، الواحد تلو الآخر، هكذا يقول، ويتلفت أولاف حوله ويرى أنهم يغادرون حانة «شينكستوفا» الواحد تلو الآخر، وعليه هو نفسه أن يغادر أيضًا، مثله مثل أي شخص آخر، هكذا يفكر

يقول أولاف: عدد الناس يقل

يقول الرجل العجوز: نعم بالفعل

يقول: كلهم يغادرون

يقول أولاف: إنهم يفعلون

يقول أوسجاوت: هذا غريب

يقول: الكل يغادر فجأة

يقول أولاف: نعم

يقول الرجل العجوز: نعم الجميع يغادرون

ويبدأ أولاف بالمشي نحو الباب، ثم يشعر بيد تمسك بكتفه فيستدير وينظر مباشرة إلى وجه الرجل العجوز، إنه وجه ذو عينين حمراوين شاحبتين مبتلتين، وشفتين رطبتين ضيقتين مرتجفتين ويشعر أولاف ببرودة تسري في جسده حين أمسك الرجل العجوز كتفه وهو يتملص من اليد التي تحاول أن تمسك به ثانية إلا أنها تقوم بإفلاته ثم يمشي نحو الباب وهو يسمع الرجل العجوز من ورائه يقول أنت أسلا، أنت أسلا ولا ينبغي له أن يجيب، فليخرج فحسب ويفتح الباب ويخرج ثم يقف هناك في الشارع أمام حانة «شينكستوفا»، هكذا يفكر، سيذهب مباشرة إلى رصيف المرفأ وهو يعرف الطريق، ويعرف بيورجفين إلى حدٍّ ما، لأنه كان يحضر إلى هنا كثيرًا، على الرغم من أنه لا يستطيع أن يدعي أنه على دراية بالمنطقة، فقد عاش في بيورجفين، فليس كل الناس هنا قد عاشوا في بيورجفين من قبل، هكذا يفكر، لا، بالطبع، هكذا يفكر، لا بد أن كثيرين قد جاءوا هنا لأول مرة، مثل أوسجاوت، هكذا يفكر، لكنه عاش هنا، لذا سوف يجد طريقه إلى المتجر على رصيف المرفأ حيث يبيعون أرقى الأساور، أما الخاتمان فيمكنهما الانتظار، مثل هذا السوار الرائع سيكون جميلًا جدًّا في ذراع أوستا، هكذا يفكر أولاف، وهو يمشي بسرعة نحو فوجان وعلى طول رصيف المرفأ ثم يسمع صوتًا يصرخ مناديًا من خلفه انتظر فيستدير ويتلفت فيرى فتاة ذات شعر أشقر طويل تقبل نحوه وهي تهرول على طول الشارع

تقول الفتاة: هذا أنت إذن

تقول: انتظر

تقول: كنت تبحث عني، رأيت ذلك

يقول أولاف: هل فعلت

تقول: نعم، نعم فعلت

تقول: إنه شيء طيب أن أراك مرة أخرى

يقول أولاف: هل نعرف بعضنا بعضًا

تقول: ألا تتذكرني

يقول أولاف: أتذكرك

تقول: نعم، ألا تتذكرني

يقول: لا

تقول الفتاة: أنت كنت تقف على بابي

ثم تضحك وتدفعه جانبًا

يقول أولاف: هل فعلت

تقول: نعم

يقول: لا أستطيع أن أتذكر

تقول: إنك لا تريد أن تتذكر

وتدفعه مرة أخرى وتتأبط ذراعه

تقول: لكن حينها، حينها لم يكن بمقدورنا أن نتحدث

يقول: لا

تقول: ولمَ لا

ويبدأ أولاف في المشي على طول الشارع وهي تتشبَّث بذراعه

وتمشي بجواره

تقول: لأنك حينها لم تكن وحدك

تقول: كنت تجر تلك الحقيرة البائسة

تقول: امرأة ضئيلة سوداء، نعم

تقول: يمكن لأي أحد أن يرصدها من على بعد ميل

تقول: يوجد أسراب على شاكلتها هنا في بيورجفين

تقول: لا أدري من أين يجئن

تقول: بمجرد أن ترحل واحدة تأتي اثنتان بدلًا منها

ثم تميل على كتفه

تقول: لكنك استخدمت عقلك وتخلصت منها

تقول: إنني أستطيع أن أفهم ذلك جيدًا

تقول: إذا كان هناك شيء أفهمه، فهو ذاك

يقول أولاف: أنا لا أعرفك

تقول: والآن، الآن أنت وحيد

وتميل الفتاة برأسها على كتفه

يقول أولاف: أنا لا أعرفك

تقول الفتاة: بوسعك أن تعرفني إذا شئت

تقول: أين تعيش

يقول: أنا لا أعيش في أي مكان

تقول: لكنني أعرفك من مكان ما

تقول: لأنك حصلت على المال، أليس كذلك

ويواصلان المشي، ورأسها على كتفه

يقول: لم يكن لديَّ الكثير من المال

تقول: لكنَّ لديك ورقة نقدية أو ورقتين بالتأكيد

وفجأة تشد ذراعه وتجره بين بيتين في شارع ضيق، ضيق جدًا

حتى إنه لا يسمح بمرور أكثر من شخصين، وتمسك بيده ثم تقطع
مسافة أبعد بقدر ما تستطيع في الزقاق الذي كان مظلمًا ظلامًا دامسًا
تقول: قف هنا
تقف أمامه وتلف ذراعيها حوله وتدفع صدرها على صدره وتدلك
ثدييها به
تقول: يمكنك أن تلمسهما
وتقبل خده ثم تلعق جلده بلسانها
يقول: يجب أن أذهب الآن
تقول: أوه
ثم تفلته وتتركه يذهب
يقول: هناك شيء يجب أن أفعله
ويبدأ في الخروج من الزقاق
تقول: حسنًا
تقول: يا لك من غبي
تقول: أنت أغبى رجل في بيورجفين
وتبدأ هي أيضًا في الخروج من الزقاق
تقول: ألم يكن بوسعك أن تقول ذلك منذ البداية قبل أن ندخل
إلى الزقاق
ثم يخرجان إلى الشارع
تقول: أنت أغبى شخص في بيورجفين، أنت
ويعتقد أولاف أن عليه أن يسألها عن شيء ما، عليه أن يقول لها
شيئًا ما أو شيئًا آخر، هكذا يفكر

يقول: هل تعرفين أين شارع أوفستا

تقول: بالطبع، أعرف

تقول: هناك

تقول: امشِ على طول الطريق هناك ثم اصعد

ثم تشير

تقول: لكن الأفضل أن تجده بنفسك

ويرى أولاف الفتاة تستدير وتعود إلى الشارع الذي أتيا منه لتوِّهما، ويفكر في أنه من المؤكد أن شارع أوفستا، قريب من هنا، نعم، وهناك، إنه عاش هناك، نعم، عاش، هو وأوستا وسيجفالد الصغير عاشوا هناك، هكذا يفكر، في ذاك البيت الصغير في شارع أوفستا والآن هو قريب منه ويمكنه أن يصعد أيضًا ويلقي نظرة على البيت، سيكون من اللطيف أن يراه مرة أخرى، هكذا يفكر أولاف، ويواصل المشي إلى الأمام وبعد ذلك يصل إلى حيث يبدأ شارع أوفستا ويظل يمشي على طول شارع أوفستا، هناك حيث البيت الصغير الذي عاش فيه هو وأوستا وحيث وُلد سيجفالد الصغير ثم يتوقف ويجد نفسه أمام البيت هناك في شارع أوفستا وهناك إلى جواره مرة أخرى حُزمتان بهما كل ما يمتلكان، وكان هذا هو الوضع في آخر مرة كان هنا، هكذا يفكر أولاف، ويرى نفسه يقف هناك ويرى أليدا تخرج من الباب وهي تحمل سيجفالد الصغير على صدرها وهو ملفوف جيدًا بالبطانية، ثم تقف أليدا أمام البيت هناك في شارع أوفستا وهي تنظر إلى البيت

تقول: هل ينبغي أن نرحل الآن

تقول: لقد عشنا حياة طيبة هنا

تقول: لم أشعر قَطُّ بارتياح مثلما شعرت به في هذا المكان

تقول: ألا يمكننا أن نبقى هنا قليلًا

يقول أسلا: أظن أنه ينبغي أن نرحل

تقول أليدا: هل يجب أن نقول وداعًا للبيت

يقول أسلا: نعم أعتقد أننا ينبغي أن نفعل ذلك

تقول أليدا: لقد استمتعت بوقتي هنا كثيرًا

تقول: لا أريد أن أرحل وأترك البيت

يقول أولاف: لكن هذا لا بد منه

يقول: لا يمكننا البقاء في هذا البيت بعد الآن

تقول أليدا: هل أنت متأكد من ذلك

يقول: نعم

تقول: لكن لماذا

يقول: هذا هو الوضع

يقول: إنه ليس بيتنا

تقول أليدا: لكن لا أحد آخر يسكن هناك

يقول أسلا: من المؤكد أن المرأة التي كانت تسكن هناك ستعود،
ستربن

تقول أليدا: إلا أن ذلك كان منذ زمن طويل

يقول: ولكن ثَمَّة شخصًا سيأتي

تقول: هذا غير مؤكد

يقول: لكن هذا هُو بيتها هي

تقول أليدا: نعم، لكن بما أنها لم تعد، فلا بأس

يقول أسلا: ستعود، وقد يأتي شخص آخر، شخص ما أو آخر،
ومن ثم لا يمكننا أن نبقى هناك
تقول: لقد مر وقت طويل ولم يأتِ أحد
يقول: نعم
تقول: ومن ثم يمكننا أن نبقى هنا
يقول: لا
يقول: إنه ليس بيتنا بالطبع
تقول: ولكن
يقول: علينا أن نرحل الآن
يقول: نعم لقد تحدثنا عن هذا الأمر كثيرًا
تقول: نعم
يقول أسلا: هيا بنا نرحل الآن
ويرفع الحزمتين وبهما كل ما يمتلكان ثم يواصلان المشي في
الشارع، هو في الأمام، ووراءه مباشرة أليدا وعلى صدرها سيجفالد
الصغير
تقول أليدا: نعم
ويتوقف أسلا
تقول: إلى أين نحن ذاهبان
وهو لا يجيب
تقول: إلى أين نحن ذاهبان
يقول: لن نبقى هنا في بيورجفين
تقول أليدا: لكننا سعداء هنا

يقول أسلا: نعم، لكن لا يمكننا البقاء هنا لفترة أطول

تقول: ولمَ لا

يقول: أظن أن هناك من يتعقبنا

تقول: يتعقبنا

يقول: نعم، هو كذلك

تقول: كيف عرفت

يقول: أنا أعرف فحسب

يقول إنه يجب عليهما الابتعاد عن بيورجفين بأسرع ما يمكن، وبمجرد أن يغادرا بيورجفين، يمكنهما تناول الأمور بهدوء ويمشيان ببطء، إنه يوم صيفي حار ويمكن أن يقضيا وقتًا لطيفًا، ومعه قليل من المال الذي حصل عليه مقابل بيع الكمان، لذلك لديهما القليل من الأشياء التي سوف تَساعدهما، وتقول أليدا إنه لم يكن ينبغي له أن يبيع هذا الكمان، فالاستماع إليه وهو يعزف كان شيئًا رائعًا جدًّا وقال إنهما بحاجة إلى المال حقيقة إلى جانب أنه لا يريد أن يعيش الحياة التي عاشها والده، لم يكن يريد أن يرحل ويتركها هي والطفل بمفردهما في البيت، أراد أن يكون مع عائلته ولا يحتاج إلى أن يكون مع الآخرين كلهم، فلم يكن هذا شيئًا طيبًا لأي شخص، الشيء الطيب الوحيد هو أن تكون مع من تنتمي إليه، قد يكون صبيًّا كُتب عليه مصير عازف الكمان، إلا أنه أراد أن يحارب هذا المصير، ولذلك فقد باع الكمان، لم يعد عازفًا، وقد أصبح أبًا الآن، كان زوجها حتى لو لم يكن كذلك حسب القانون، لكنه هكذا في الواقع، هكذا يقول، وهذه هي الحال، عندئذ لا حاجة له بالكمان، وبعد أن أصبحا في أمس الحاجة

إلى المال، كان طبيعيًّا أن يبيع الكمان، والآن وبما أن الكمان قد بيع، فليس ثَمَّة ما نتحدث عنه، فما حدث مع الكمان قد حدث مع كل شيء آخر، يقول أسلا إنهما لا يستطيعان الوقوف هنا ويتشاجران، لا بد أن تأتي الآن، لا بد أن يذهبا الآن وتقول أليدا إنها كانت على يقين من أنه كان على حق عندما باع الكمان، لكنه كان يعزف بشكل رائع، رائع جدًّا، هكذا قالت، وهو لا يجيب ويمشيان في الشارع ثم يصلان إلى رصيف المرفأ ويمشيان على طول رصيف المرفأ من دون أن يقول أي منهما شيئًا ويمشيان ويفكر أولاف بينما يتوقف ويقف هناك، إنه لا يجب أن يقف هنا هكذا كما هو الآن، المفترض أن يذهب إلى المتجر على رصيف المرفأ، وبالمال الذي حصل عليه مقابل بيع الكمان سوف يشتري لأوستا أجمل سوار يمكن تخيله، هكذا يفكر أولاف ويبدأ في المشي نحو رصيف المرفأ ويرى نفسه يمشي بعيدًا هناك على رصيف المرفأ وتمشي أليدا خلفه وهي تحمل سيجفالد الصغير على صدرها ولا يقولان أي شيء وتتسع المسافة بين البيوت واليوم يمر بصورة طيبة والطقس لا هو بالحار ولا هو بالبارد، إنه طقس يحلو فيه المشي، حتى لو كان يحمل حمولة ثقيلة، فإنه لا يشعر بثقل الحمولة لأنه يمشي وأليدا تمشي خلفه مباشرة وهي تحمل سيجفالد الصغير على صدرها، ومن حين لآخر تشرق الشمس ومن حين لآخر تتجمع غيوم وهو لا يعرف إلى أين هما ذاهبان، ولا تعرف أليدا إلى أين هما ذاهبان، ولكن لديهما طعامهما، وملابسهما وبعض الأغراض الأخرى التي قد يحتاجان إليها أيضًا

تقول أليدا: إلى أين نحن ذاهبان

يقول أسلا: لا أدري

تقول: سوف نذهب إلى حيث نهاية المطاف

يقول: سوف نذهب إلى حيث يقودنا الطريق

تقول: أنا متعبة قليلًا

يقول: يجب أن نرتاح

ويتوقفان وينظران حولهما

تقول: هناك، عند الثغر، يمكننا أن نرتاح

تقول: نعم نستطيع

ثم يمشيان ويجلسان على الثغر ويجلسان هناك وينظران إلى الفيورد، والفيورد ساكن تمامًا، لا شيء هناك يتحرك، والفيورد يتلألأ باللون الأزرق، ويقول أسلا إن الفيورد يتلألأ اليوم، وهذا لا يحدث كثيرًا، هكذا يقول، ثم يريان سمكة تقفز إلى الأعلى، ويقول لعلها سمكة السلمون، وكانت كبيرة أيضًا، هكذا يقول، وتقول أليدا إن هذا هو المكان الذي من المفترض أن يعيشا فيه، ثم يقول إنه لا يمكن أن يستقرا في مكان بمثل هذا القرب من بيورجفين وتقول لمَ لا وهو يقول إنه لا يمكن فحسب، يمكن أن يأتي أحد ويعثر عليهما وتقول وماذا في ذلك ويقول إن عليها أن تتذكر كيف جاءا إلى بيورجفين وتقول هل الأمر يتعلق بالقارب ويقول نعم وهذا أيضًا ثم تقول أليدا إنها جائعة ويقول أسلا إن لديهما فخذًا كاملة من لحم الضأن المُقَدَّد، ولم يقطعا أي جزء منها، فليس هناك نقص في الطعام، لذلك لا، لن يجوعا، وهو قد فكر في ذلك جيدًا، هكذا يقول، وتسأل أليدا ما إذا كان قد اشترى فخذ لحم الضأن المُقَدَّد أم لا ويقول إنه لم يكن عليه أن يفعل ذلك،

لكن اللحم بدا مقدَّدًا بشكل جيد، هكذا يقول، وهناك، هناك، يمكنها سماع ما يبدو حتمًا أنه صوت جدول ماء، تقول أليدا، لذلك لن يشعرا بالعطش عندما يأكلان اللحم المُقَدَّد، هكذا تقول، ويفتح اللفافة التي بها فخذ الضأن، ثم يمسكها بيد واحدة ويؤرجحها في الهواء وتبدأ هي في الضحك وتقول إنه لا ينبغي أن يفعل ذلك، ينبغي ألا تلعب بالطعام، هكذا تقول، ويقول أصلا إنها تتحدث الآن بحِدَّة مثل أمها وتقول أوه يا عزيزي، لا ليس الأمر كذلك، لكنني سأصبح مثلها في نهاية المطاف، الآن بعد أن أصبحت أمًّا أيضًا، سأصبح أمًّا مثل أمي

يقول: لا تقولي ذلك

تقول: ما قلته حالًا قد تعلمته من أمي

يقول: وأنا من أمي

ثم تضع اللفافة التي بها سيجفالد الصغير على الثغر وتجلس ثم يجلس أصلا أيضًا ويخرج السكين ثم يقطع اللحم الملفوف حول العظم ويقطع مرة أخرى ثم يمسك بشريحة سميكة ويناول الشريحة إلى أليدا وتبدأ في مضغ اللحم وتقول وهي تمضغها كم هي لذيذة ومجففة وطيبة المذاق وليست شديدة الملوحة، هكذا تقول، وهو يقطع شريحة لنفسه ويتذوقها ويقول إنها طيبة المذاق، ولا أحد يستطيع أن يقول غير ذلك، طعمها لذيذ، لا يوجد لحم أطيب مذاقًا من هذا هكذا يقول، ثم تفتح أليدا حُزمة من الخبز المسطح وجرة الزبد وتفرش طبقات سميكة من الزبد على الخبز المسطح ويقطع مزيدًا من اللحم ثم يجلسان هناك ويأكلان من دون أن يقول أي منهما شيئًا

يقول أصلا: سأحضر بعض الماء

ويأخذ معه دورقًا ويسمع خرير ماء الجدول وهو يتدفق ويمشي في اتجاه الصوت ثم يرى تيار ماء رقراق وعذب، ينبع من أعلى الجبل هناك ويتسلل إلى السفح، ويصب الجدول في الفيورد، ويملأ الدورق بالماء البارد العذب ويعود إلى أليدا ويناولها الدورق فتشرب وتشرب ثم تعيد له الدورق ويشرب ويشرب ثم تقول أليدا إنها سعيدة للغاية لأنها التقت به ويقول إنه سعيد للغاية لأنه التقى بها

تقول أليدا: ثلاثتنا

يقول أسلا: أنتِ وأنا وسيجفالد، الصغير

يقول: نعم، نحن الثلاثة

ويمشي أولاف ببطء على طول رصيف المرفأ والآن يجب أن يذهب مباشرة إلى المكان الذي به المتجر حيث يبيعون أروع الأساور في العالم، لا بد أن يجد المتجر، ويمكنه أن يسأل شخصًا أيضًا، لأنه لا بد أن هناك شخصًا ما بوسعه أن يخبره بمكان هذا المتجر، وهناك، أمامه على رصيف المرفأ، يرى أوسجاوت يقف ويبتسم له

يقول أوسجاوت: لا يمكنك العثور على المتجر

يقول: أظن ذلك

يقول: إنك لن تجده، ليس من السهل العثور على هذا المتجر، لكنني سوف أساعدك

يقول أولاف: لا، لا

يقول أوسجاوت: من الصعب العثور على المتجر

يقول: ولكن الآن، سوف أساعدك كي تعثر عليه

يقول: إنه يبعد قليلًا عن رصيف المرفأ ثم إلى الزقاق

يقول: سوف أساعدك

يقول أولاف: شكرًا

يقول أوسجاوت: حتمًا سوف أفعل

ويشعر أولاف بغبطة تهبط عليه لأنه الآن، الآن، سوف يشتري أروع سوار في العالم، من الذهب الأكثر اصفرارًا واللؤلؤ الأكثر زرقة، وسرعان ما سيكون حول ذراع أوستا، هكذا يفكر

يقول أولاف: لديَّ بعض النقود، نعم

يقول أوسجاوت: إنه متحمس لبيعه، لذا فقد يُخفض السعر قليلًا

يقول: لقد فعل ذلك معي

يقول: لم يكن لديَّ النقود التي طلبها وربما كان ذلك شيئًا طيبًا، لأنني اشتريته مقابل ما كان معي من نقود

ويمشي على طول رصيف المرفأ ويفكر أولاف أن هذه لحظة مميزة، وها هو، رجل بائس مثله، في طريقه لشراء أجمل هدية لمن يحبها، هذا شيء طيب، هكذا يفكر، على الرغم من أنه جاء إلى بيورجفين لشراء الخاتمين، ولكن يمكنه شراء سوار، أما الخاتمان فيمكنه شراؤهما في وقت لاحق، هكذا يفكر، الآن لقد شاهد أروع سوار، من الذهب الأكثر اصفرارًا واللؤلؤ الأكثر زرقة، نعم، سيكون من الصعب عليه ألا يشتري سوارًا مثل هذا لأوستا، وهذا ما سيفعله، هكذا يفكر أولاف، ويسمع أوسجاوت يقول إن السوار، جميل جدًّا، رائع الجمال، ويقول هكذا يقولون، ويقول أولاف نعم، نعم إنه جميل، وإنه سوار رائع لا يكاد يكون هناك سوار أكثر روعة منه، هكذا يقول

يقول أوسجاوت: لا، لا أظن ذلك

يقول أولاف: ما الذي لا تظنه أنت

يقول أوسجاوت: لا أظن أنه يمكنك العثور على سوار أجمل منه

يقول: لا أظن أنك ستعثر عليه

يقول أولاف: أنا أظن ذلك أيضًا

يقول أوسجاوت: نحن على وشك الوصول

يقول: لكنني سوف أصطحبك إلى هناك

يقول أولاف: شكرًا لك

يقول: كنت هناك في وقت سابق اليوم، وقد عدت توًّا، وسوف

يتعجب الجواهرجي

يقول أولاف: الجواهرجي

يقول أوسجاوت: نعم، نعم هكذا يسمونه، لأن اسمه الجواهرجي

يقول أولاف: يبدو ذلك جيدًا

يقول أوسجاوت: نعم هذا هو اسمه

يقول أوسجاوت: نعم، وهو رجل ودود فيما يتعلق بكل ما يملك

من حلي

يقول أولاف: فعلًا

يقول: ولديه لحية سوداء كبيرة، نعم

ويواصلان المشي على طول رصيف المرفأ

يقول أوسجاوت: ولا يمكنك تخيل الأشياء الجميلة التي لديه

في متجره

يقول: لن أقول المزيد، يمكنك أن ترى بنفسك عندما تصل هناك

ثم يومئ أولاف ويأخذ أوسجاوت منعطفًا إلى اليمين ويمشي بين صفين من البيوت، والمسافة بين البيوت واسعة جدًّا ثم يمران بباب بعد الآخر ويمشيان وكان أوسجاوت على بعد أمتار قليلة إلى الأمام من أولاف ويمشي مهرولًا ويبدو أنه متحمس، ويهرول أولاف أيضًا، وبعد ذلك يتوقف أوسجاوت داخل الزقاق أمام فاترينة المتجر العريضة في نهاية الزقاق، وهناك، في الفاترينة، تتلألأ الفضة والذهب ويبرقان، وفور أن وقعت عيناه على كل هذه الروعة شعر أولاف بأنه مأخوذ للغاية، فشيء مذهل أن يُعرض مثل هذا الكم من الفضة والذهب في المكان نفسه، وفي الفاترينة نفسها

يقول أوسجاوت: عندما لا يكون الجواهرجي موجودًا، يضع مصاريع كبيرة على الفاترينات

يقول: ولكن الآن، يبدو أنه موجود إذن

ويتجه أوسجاوت نحو باب بجانب الفاترينة

يقول أولاف: ولكن هناك، هناك فاترينة أخرى

يقول أوسجاوت: نعم، هناك فاترينتان

ويتجه أولاف إلى الفاترينة الثانية، وهناك، في منتصف الفاترينة، يوجد سوار من الذهب الأكثر اصفرارًا واللؤلؤ الأكثر زرقة يبرق، تمامًا مثل السوار الذي اشتراه أوسجاوت

يقول أولاف: ها هو، ها هو السوار

يقول أوسجاوت: نعم، نعم فعلًا

يقول: لم يكن هنا عندما كنت أنظر إلى الفاترينة في وقت سابق اليوم

يقول: لا بد أن الجواهرجي قد وضعه توًّا

يقول: دعنا ندخل

ويظل أولاف واقفًا هناك وينظر وينظر إلى كل الروائع التي في الفاترينة

يقول أوسجاوت: دعنا ندخل، قبل أن يأتي شخص آخر ويشتري هذا السوار الرائع الجمال

ويفتح الباب ويمسك به كي يدع أولاف يمر ويدخل وهناك أمامه في المتجر يقف الجواهرجي بنفسه وينحني وينحني ويقول مرحبًا، مرحبًا بك وسط مجموعتي المتواضعة وفي متجري المتواضع، هكذا يقول، وعلى الرغم من ذلك أنا واثق أن حضرتكما ستجدان شيئًا يروق لكما، هكذا يقول، لذا مرحبًا بكما، ومرحبًا، كيف يمكنني أن أساعدكما، هكذا يقول

يقول أوسجاوت: نعم

يقول الجواهرجي: نعم، لا بأس

يقول: نعم، لقد اشتريت مني في وقت سابق اليوم

يقول أوسجاوت: هذا صحيح، هذا صحيح

يقول الجواهرجي: ولعل السيد يريد أن يشتري المزيد

يقول أوسجاوت: لا لست أنا، لعله صديقي

ويقف أولاف يتلفت حوله وينظر إلى هذا الكم المذهل من الفضة والذهب، خواتم وحُلِي وحوامل الشموع وأطباق وصحون، وأينما تقع عيناك تجد فضة وذهبًا، تخيل فقط أن كل ذلك موجود في هذا العالم، وبهذه الكثرة، أينما تقع عيناك، ترى فضة وذهبًا

يقول الجواهرجي: ماذا تريد

يقول أولاف: هل من المعقول، أن يكون هناك فضة وذهب بهذا
الكم
يقول: معقول
يقول الجواهرجي: حسنًا، هذا ليس بالشيء الكثير، حقًّا
يقول وهو يفرك يديه: بعض من الفضة والذهب فقط، نعم
يقول أولاف: هذا كم لا يصدقه عقل
يقول الجواهرجي: وماذا يريد السيد المحترم
يقول أولاف: أنا، أنا أريد شراء سوار
يقول أوسجاوت: سوار جميل مثل ذلك الذي اشتريته في وقت
سابق اليوم
يقول الجواهرجي: نعم أنت محظوظ إذن
وهو يضرب كفًّا بكف، عدة مرات، كما لو كان يصفق
يقول: أنت محظوظ، لأنه ليس من السهل العثور على سوار مثله
هذه الأيام
يقول: مطلقًا

يقول إنه على الرغم من ذلك فقد تمكن من الحصول على
سوارين، ولأنه يتمتع بخبرة طويلة، ويعرف الكثير من الناس،
لذا فقد أمكنه أن يفعل ذلك، هكذا يقول، والحقيقة أن السوارين
وصلا بالأمس فقط، وقد باع بالفعل واحدًا منهما اليوم ويومئ إلى
أوسجاوت، إلى ذلك الرجل هناك، نعم، بالضبط تمكن من الحصول
على واحد منهما، نعم كان محظوظًا، هكذا يقول وجاء كثيرون
ليشاهدوا السوار الآخر، والآن، الآن هذا الرجل محظوظ للغاية،

لأن ما لا يصدق هو أن هذا السوار الآخر ما زال هنا، ومعروض في الفاترينة، هكذا يقول وهو يومئ ويستأذن من السادة الرجال ويرتدي زوجًا من القفازات البيضاء ثم يرفع السوار من الفاترينة ويضعه بعناية على الطاولة

يقول الجواهرجي: الآن، يا لها من مشغولات يدوية بديعة

يقول: شغل يدوي بديع، إنها قطعة فنية

ويتحسس السوار بسبابته بعناية

يقول وهو ينظر بتواضع إلى أولاف: أتريد أن تشتري هذا

يقول الجواهرجي: نعم، نعم أتفهم ذلك جيدًا

يقول أولاف: نعم إذا كان لديَّ ما يكفي من المال

يقول الجواهرجي: نعم، هذا ما ينتهي إليه الأمر دائمًا

ويبدو صوته معبأً بالضيق والقلق، ويخرج أولاف من جيبه الورقات النقدية الثلاث التي تركها ويناولها إلى الجواهرجي فيأخذها وينظر في كل ورقة نقدية

يقول: هذا مبلغ قليل جدًا، نعم

يقول أولاف: هذا قليل جدًا

يقول الجواهرجي: نعم

يقول أولاف: قليل

يقول: لا بد أن تزيده ورقتين أو ثلاثًا، وحتى بعد هذا سيكون السعر زهيدًا قليلًا، نعم، حتى هذا زهيد للغاية

ويشعر أولاف بيأس يجتاحه، فمن أين يمكنه الحصول على ورقة نقدية أخرى، ربما في وقت لاحق، ولكن ليس الآن، وهذا أجمل

سوار في العالم الآن، وليس في وقت لاحق، ويقول الجواهرجي

إن أناسًا كُثرًا يريدون شراء هذا السوار

يقول أوسجاوت: لم يعد لديه المزيد منها

يقول الجواهرجي وكأنه مندهش: ليس لديه المزيد

يقول: ربما يمكنك أنت أن تساعده

يقول أوسجاوت: لقد أخذت كل ما أملك في وقت سابق اليوم

ويهز الجواهرجي رأسه ويبدو على وجهه الاستياء

يقول: لا، لا

يقول أوسجاوت: لا بأس، دعنا نذهب إذن

ينظر إلى أولاف

يقول أولاف: نعم

ويتوجه أوسجاوت نحو الباب ويمد أولاف يده إلى الجواهرجي

يقول الجواهرجي: حسنًا، إذن

وبحركة سريعة يضع الورقات النقدية الثلاث في جيبه وبصوته

قليل من الغضب

يقول: لا بأس، لا بأس هذا ما ينبغي عليَّ فعله إذن

ويرفع السوار في الهواء ثم يناوله لأولاف ويقف أولاف هناك

ممسكًا بيده أجمل سوار من الذهب الأكثر اصفرارًا واللؤلؤ الأكثر

زرقة، لا يستطيع أن يصدق عينيه، لا يستطيع أن يصدق أنه يقف

هناك ويمسك بمثل هذا السوار البديع في يده وينظر أمامه فيرى

السوار في ذراع أوستا، كما لو كان حقيقيًّا، هل معقول أن شيئًا مثل

هذا يحدث، هكذا يفكر

يقول أوسجاوت: هيا بنا

يقول الجواهرجي: هذا خطأ فادح، لا ينبغي أن أفعل ذلك، من المخجل أن أبيع سوارًا رائعًا بمثل هذا المبلغ الزهيد

يقول: إنني خسرت في هذه البَيْعَة

كان صوته عاليًا ومتأففًا وأوسجاوت يقف هناك يمسك بالباب مفتوحًا

يقول الجواهرجي: لا يمكنني أن أفعل ذلك

يقول: لا يمكنني أن أبيع وأخسر

يقف أوسجاوت هناك ممسكًا الباب ويبقيه مفتوحًا

يقول: هيا يا أولاف

ويخرج أولاف من الباب ويغلق أوسجاوت الباب وراءه ثم يقف أولاف في الخارج، في نهاية الزقاق، وينظر إلى السوار الذي يحمله في يده، تخيل أن هذا حدث، تخيل أنه يستطيع أن يعثر على سوار بهذه الروعة، هكذا يفكر أولاف، ويسمع أوسجاوت يقول إنهما لا بد أن يذهبا قبل أن يغير الجواهرجي رأيه، ثم يمشي في الزقاق ومن خلفه أولاف الذي أخذ ينظر وينظر إلى السوار، يا للروعة، هكذا يفكر، لا يمكن أن يكون هذا حقيقيًّا، هكذا يفكر، ويقول أوسجاوت إنه يجب أن يضع السوار في جيبه حتى لا يراه أحد ويسرقه منه، هكذا يقول، يضع أولاف يده في جيبه ويقبض بيده على السوار وهو يمشي خلف أوسجاوت في آخر الزقاق ويخرج إلى رصيف المرفأ ثانية ويقول أوسجاوت إنه لم يتبقَّ معه سوى القليل من العملات المعدنية، وللصدق فهي آخر ما يملك، ويقول

أولاف إن معه القليل أيضًا ويقول أوسجاوت إنه يرى أن يحتسيا قَدَح بيرة أو قَدَحين، فينبغي أن يحتفلا بأن كليهما اشترى سوارًا، من أرقى نوع، لحبيبته، وهذا شيء يستدعي الاحتفال، هكذا يقول أوسجاوت

يقول أولاف: نعم بالطبع

يقول أوسجاوت: دعنا نمر على حانة «شينكستوفا»

يقول أولاف: نعم، نعم، يمكننا القيام بذلك

يقول أوسجاوت: دعنا نذهب إذن

ويمشيان بخطوات منتظمة نحو حانة «شينكستوفا» وهناك، هناك في الشارع، يريان الفتاة ذات الشعر الأشقر، أليست هذه هي الفتاة، نعم، إنها هي، ذات الشعر الطويل الأشقر، إنها تمشي وهي تتأبط ذراع أحدهم، نعم، نعم إنها تفعل ذلك، تمامًا مثلما كانت تمشي من قبل متأبطة ذراعه والآن تتأبط ذراع شخص آخر، وهذا أفضل، هكذا يفكر، إنه شيء طيب أن تتأبط ذراع شخص آخر وليس ذراعه، هكذا يفكر أولاف، ويقبض بيده على السوار في جيبه

يقول أوسجاوت: سيكون شيئًا طيبًا أن نتناول قَدَح بيرة

يقول أولاف: نعم

يقول أوسجاوت: نعم، الآن سيكون لدى حبيبتَينا شيء تتطلعان إليه

يقول أولاف: ليتهما تعرفان

يقول أوسجاوت: نعم، سيكون من دواعي سروري أن أعود إلى البيت

يقول أولاف: أستطيع أن أتصور كيف سيبدو السوار في ذراع أوستا

يقول أوسجاوت: إنني أتخيل أيضًا شكله في ذراع نيلما

ويواصلان المشي بخطوات مُطَّرِدة

ويرى أولاف أن الفتاة تسحب الرجل الذي تتأبط ذراعه بين بيتين.

وربما كان ذلك الزقاق نفسه الذي سحبته إليه وهي الآن تسحب الرجل الآخر داخله، هكذا يفكر

يقول أوسجاوت: هذا يستحق قَدَح بيرة بجدارة

يقول: سيكون مذاقه طيبًا

يقول أولاف: نعم

ويرى أوسجاوت يتوقف أمام باب حانة «شينكستوفا»، ذاك الباب البني الكبير، ويدخل أوسجاوت ويمسك أولاف الباب ويدخل أيضًا ثم يقف كلاهما هناك في الردهة الطويلة حيث توجد جذوع أشجار خشبية كبيرة بنية اللون ملقاة فوق بعضها البعض ويدخل أوسجاوت ويليه أولاف وطوال الوقت يقبض بيده على السوار في جيبه، ويدخلان، وكل شيء كما كان من قبل، الفارق أن هناك، هناك على الطاولة يجلس الرجل العجوز، بالطبع ينبغي أن يكون هناك، فأينما يذهب يجد هذا الرجل، هذه هي الحال دائمًا هكذا يفكر أولاف، وينظر إليه الرجل العجوز

يقول الرجل العجوز: أنت هنا

يقول: كنت أعرف أنك ستأتي، وكنت أنتظرك

يقول: كنت أعرف أنك ستعود لتدعوني إلى قَدَح بيرة

يقول: لن تجرؤ على فعل ذلك، يا أسلا

وينهض الرجل العجوز ويمشي نحو أولاف

يقول: لم أشك قطُّ في أنك ستعود

يقول: وكنت على حق

يرى أولاف أوسجاوت يقف عند المنضدة بالفعل وهو يحمل

قَدَح بيرة في كل يد ويمشي إلى أوسجاوت

يقول أوسجاوت: على حسابي

ويرفع قَدَح البيرة

يقول: في صحتك

ثم يرفع أولاف قَدَح البيرة

يقول أولاف: في صحتك

ويتبادلان الأنخاب ويقبل عليهما الرجل العجوز ويقف أمامهما

يقول: ولكن ماذا عني، ألن أشرب شيئًا، هاه، أنتما الاثنان فقط،
هل أنت الوحيد الذي يحصل على شيء يشربه

يقول: كن ذكيًّا يا أسلا

يقول: افعل ما أقوله

يقول: فلتدعُ رجلًا عجوزًا إلى قَدَح بيرة

ويهز رأسه ويميل به قليلًا إلى الجانب ويرمق أولاف بعينيه الحولاوين

يقول: أنت تعرف ما قلته لك، أليس كذلك

يقول: أنت تعرف ما أعرف، أليس كذلك يا أسلا

يقول أوسجاوت: الآن، توقف عن هذا التوسل

يقول الرجل العجوز: أنا لا أتوسل، لم أكن لأتوسل قطُّ، أنا لا
أطلب سوى حقي

يقول أولاف: أظن أنه ينبغي أن أذهب

يقول أوسجاوت: قَدَحك، لم تنتهِ من قَدَحك بعد، احتسيت رشفة فقط

يقول أولاف: نعم، ولكن يمكنك احتساؤه، يمكنك احتساء قَدَحين

يقول أوسجاوت: نعم، نعم بالطبع، ولكن ليس هذا هو الموضوع

يقول: ولكن خذ رشفة أخرى كبيرة

يرفع أولاف القَدَح إلى فمه ويشرب بقدر ما يستطيع

وبعد ذلك يناول أوسجاوت قَدَح البيرة ويقول إنه يجب أن يذهب، هو يعرف أنه لا يمكنه أن يبقى هنا فترة أطول، هكذا يقول أولاف، ويتجه نحو الباب

يقول الرجل العجوز: لكن انتظر، انتظر

يقول: لقد وعدت بأن تدعوني إلى قَدَح بيرة

يقول: من الأفضل أن تحترس، احترس، احترس

يقول: إنني الآن أحذرك

ويفتح أولاف الباب ويمشي عبر الردهة الطويلة المظلمة ويخرج ثم يقف في الشارع خارج حانة «شينكستوفا» وهو يتساءل إلى أين سيذهب الآن لقد أقبل الليل ويجب أن يجد مكانًا ينام فيه الليلة، ولكن لا يمكنه أن يكون في البيت وهذا لا يهم حقًّا لأن البرد ليس قارسًا إلى هذه الدرجة، ولكن ينبغي أن يجد مكانًا أو آخر ليقيم فيه، هكذا يفكر، وينظر حوله، وهناك في النافذة التي تعلوه يرى سيدة عجوزًا تقف وتنظر، شعرها طويل كثيف أشيب وقد خَبَّأَتْ نصفها وراء ستار، وهي تقف هناك فحسب تنظر وتنظر، هكذا يفكر أولاف،

فمن المؤكد أنها لا تبحث عنه هو، هكذا يفكر، ولماذا تريد أن تبحث عنه هو، لماذا يعتقد ذلك، ما الذي يجعله يعتقد أن هذه المرأة تقف هناك وتبحث عنه، فليس هناك سبب يدعو لذلك بالتأكيد، هكذا يفكر أولاف، وهو يقبض بيده على السوار في جيبه بقوة وينظر إلى الأعلى وما زالت المرأة هناك، وقد خَبَّأَتْ نصفها وراء ستار، وهي تنظر نحوه، نعم، تنظر، هكذا يفكر، فلماذا تقف المرأة هناك وتنظر إليه، ماذا تقصد بهذا، هكذا يفكر، وهو ينظر إلى النافذة مرة أخرى وما زالت المرأة تقف هناك، تقف هناك وقد خَبَّأَتْ نصفها وراء ستار، وفجأة لا يراها، لا يمكنه أن يبقى هنا، وقد أقبل الليل ويجب أن يجد مكانًا يبيت فيه الليلة، هكذا يفكر، يجب أن يذهب إلى مكان ما، هكذا يفكر، ولكن أين، أين يذهب، هكذا يفكر، ثم يرى المرأة العجوز بشعرها الطويل الكثيف الأشيب تقف في الشارع هناك

تقول المرأة العجوز: أنت

تقول: يبدو أنك بحاجة إلى مأوى

تقول: أليس كذلك

لا يعرف أولاف على وجه التحديد بماذا يجيب

تقول: أجبني الآن

تقول: بوسعي أن أميز، أنت في حاجة إلى مأوى

يقول أولاف إنه لا يستطيع إنكار ذلك حقًّا، لا، وتقول إنه إذا كان بحاجة إلى مأوى، فينبغي أن يأتي معها، وسوف ترتب له الأمر، هكذا تقول، وهو يفكر لِمَ لا، ثم يذهب إليها وهي تستدير وتدخل من الباب الذي كانت تقف أمامه ويشاهدها وهي تصعد الدرج فيتبعها

وتقف هناك أعلى الدرج وهي تلهث ومن بين أنفاسها اللاهثة تقول إن بوسعها أن تعطيه غرفة لليلة واحدة، ولن تكون باهظة الثمن، نعم هكذا تقول، ويقف على الدرج وهي تفتح الباب وتدخل ويصعد وراءها وعندما تصل إلى أعلى الدرج تتوقف وتقف وتنفخ وتلهث، غرفة لليلة واحدة هكذا تقول، وتتوقف على الدرج وتفتح الباب وتدخل من خلاله وهو يمشي ويمشي خلفها ويرى أن هناك فتاة ذات شعر طويل أشقر تطل من النافذة وتذهب إليها المرأة العجوز وتقف بجوارها، كما كانت تقف من قبل ويقف هناك وينظر إليهما ويسمع المرأة العجوز تقول إنه ترك حانة «شينكستوفا» أخيرًا ومن ثم يكون السؤال ما إذا كانت لديه القدرة على العودة إلى البيت مرة أخرى أم أنه كان سيستمر في المشي، لكنه لن يبقى لديه شيء ليشتري به شرابًا، ومن أين سيحصل على المال، هكذا تقول، وتقول الفتاة إنه لم يبقَّ لديهما مال، فمن أين سيعيشان إذن، كيف سيحصلان على شيء يأكلانه، هكذا تقول الفتاة، وتلتفت إلى أولاف ويرى أنها الفتاة التي التقى بها في وقت سابق اليوم التي تأبطت ذراعه وجذبته إلى زقاق ضيق، إنها هي، مؤكد هي، هكذا يفكر، والفتاة تنظر إليه، وتضحك بصوت خافت، وهي الآن تومئ له

تقول الفتاة: أنت أيضًا لا تملك أوراقًا نقدية

يقول أولاف: لا

وتستدير المرأة العجوز وتنظر إليه

تقول: بالطبع لن تحصل على سرير في بيتي إن لم يكن بمقدورك أن تدفع

تقول: تخيلت أنك كنت تعرف ذلك جيدًا

تقول: لكن بالتأكيد لديك بضع عملات معدنية على الأقل

تقول: بعض العملات المعدنية

تقول: أعتقد أنك لست مفلسًا تمامًا أيضًا

تقول: من المؤكد أن أحوالك ليست متعسرة إلى هذا الحد

تقول: أليس كذلك

وتقف هناك وتنظر إليه

تقول: من أنت

يقول أولاف: أنا

تقول الفتاة: أنا أعرفه

تقول: فقط كي تعرفي

تقول المرأة العجوز: أنت تعرفينه إذن

تقول: لكن ليس لديك عملات معدنية

يقول أولاف: من قال ذلك

تقول الفتاة: لديك ورقة نقدية

ثم تذهب إليه وتطوقه بذراعيها وتهز المرأة العجوز رأسها ثم تميل الفتاة عليه وتقبل خده

تقول المرأة العجوز: ما تلك الأفاعيل التي ترتكبينها

والفتاة تلعق طريقها إلى فمه ثم تقبله

تقول المرأة العجوز: نعم، توقعت كل ذلك

ثم تدور الفتاة حوله وهي تتمايل ثم تقف هناك وتدفع بجسدها إلى صدره

تقول المرأة العجوز: فتاة جميلة وفقيرة في ريعان الشباب
وتضع الفتاة يديها على مؤخرته
تقول المرأة العجوز: ولكنه لا يزال واقفًا هناك
وتلاطفه الفتاة
تقول المرأة العجوز: تخيل أن أضطر أن أشاهد مثل هذا المنظر
ويقف أولاف هناك وذراعاه ممدودتان
تقول المرأة العجوز: لم يخطر ذلك على بالي قطُّ
ويفكر أولاف أن هذا، ما هذا، لا يمكن أن يكون هنا، هكذا يفكر
تقول المرأة العجوز: أنتِ، أنتِ، ابنتي
بينما تلعق الفتاة رقبته
تقول المرأة العجوز: ما تلك الأفاعيل القذرة التي ترتكبينها
ويفكر أولاف أنه ينبغي أن يغادر الآن، لماذا يقف هناك هكذا مع
تلك الفتاة، لا، هذا غير ممكن، هكذا يفكر
تقول المرأة العجوز: ظننت أني سأزوجك زواجًا لائقًا، لكن لا،
إذا كانت هذه حالكِ، فلن يكون ذلك واردًا
ويمسك أولاف بذراعَي الفتاة ثم يحرر نفسه وتضع ذراعيها حوله
مرة أخرى وتتحسس ظهره فيبتعد عنها
تقول الفتاة: أي نوع من الرجال أنت
تقول المرأة العجوز: لا، لا، لا، يبدو أننا قد بُلينا بكل أنواع سوء
الطالع
تقول الفتاة: أنت رجل بشع
تقول: أنت أسوأ رجل في بيورجفين

تقول: لا أحد أسوأ منك

تقول: كل شيء بشع

ثم تذهب المرأة العجوز وتجلس على مقعد وتضع رأسها بين كفيها، ويرى الفتاة تقف هناك وهي ترفع قبضتيها ثم تقول المرأة العجوز نعم كل شيء بشع، كل شيء بشع ثم تقول الفتاة ألا تستطيعين قول أي شيء آخر، دائمًا تقولين هذا، إن كل شيء بشع، كل شيء بشع، إنها دائمًا تقول هذا، هكذا تقول، ثم توجه قبضتها إلى وجه المرأة العجوز وتقول إنها دائمًا تشكو منها، دائمًا وكأنها كانت أفضل حالًا عندما كانت في مثل عمرها، ها، لكنها لم تكن كذلك، هكذا تقول

تقول: هل كنتِ أفضل حالًا مني بكثير

تقول المرأة العجوز وهي تنظر للفتاة بحِدَّة: ما الذي تعرفينه عن حالي

تقول الفتاة: ما أعرفه، أنا أعرف ما أعرفه، وأفهم ما أفهمه

تقول: ألست على حق

تقول: من يعيش هنا ليس أبي، إلى هذا الحد أنا أعرف

تقول المرأة العجوز: وهل قلتُ ذلك من قبل

تقول الفتاة: نعم قلتِ

تقول المرأة العجوز: حسنًا لقد قلتُ إذن

تقول: قد يكون هو فعلًا

تقول الفتاة: لكن هذا غير مؤكد

تقول المرأة العجوز: نعم أظن أنه غير مؤكد

تقول الفتاة: فمن هو أبي إذن لا، لا تعرفين

تقول المرأة العجوز: أخبرتك بمن أظن أنه هو

تقول الفتاة: أنت تصرخين في وجهي

ويقف أولاف هناك ويسمع المرأة العجوز تقول إنها لا تصرخ في وجهها، لم تصرخ في وجهها قطُّ، وأحيانًا كانت تطلب منها المساعدة في شيء ربما، هكذا تقول، وتلتمس منها العون، وتطلب منها قطعة نقود معدنية أو اثنتين عندما لم يكن لديها أي منها كي تشتري طعامًا، لقد اعتنت بها، وفعلت ذلك على مدار السنين ومنذ ولادتها، كانت تعتني بها ولم يكن ذلك هينًا، لقد كلفتها كثيرًا مع مرور تلك السنين، والشكر الذي تقدمه لها الآن هو أن تصرخ في وجهها وأن تنعتها بلفظ لا تريد أي منهما أن تذكره، ليس بوسعها أن تتحمل ذلك طويلًا، هكذا تقول المرأة العجوز، ثم تغطي وجهها بكفيها وتجلس وتنتحب بصوت مرتفع مجروح وتقول الفتاة ما دامت لم تكن أفضل منها حالًا، فلا ينبغي أن تشتكي منها، يا له من غباء، أن تشتكي من ابنتك وأنتِ نفسكِ لستِ أفضل حالًا منها، هكذا تقول، وتقول المرأة العجوز، وهي تصرخ تقريبًا، إنها بالطبع أرادت أن تتمتع ابنتها بحياة أفضل منها، وحاولت بالفعل وبذلت قصارى جهدها لتفعل ذلك، والشكر الذي تقدمه لها هو الإهانات، إهانات من قبَل ابنتها الوحيدة أيضًا، لا كيف يكون ذلك، هكذا تقول، وتقول الفتاة ماذا كان بوسعها أن تفعل خلاف ذلك، وتقول المرأة العجوز إنها لا تصدقها، وإن هناك أشياء كثيرة يمكن للمرء أن يقوم بها، فهي قد عاشت طويلًا، هكذا تقول وتقول الفتاة أخبريني، أخبريني إذن ماذا يمكنني أن أفعل، وتقول المرأة العجوز إنه يمكنها أن تفعل أشياء كثيرة، يمكنها أن تعمل

بالحياكة، يمكنها أن تبيع السلع في متجر، أو في السوق، يمكنها أن تعمل قابلة، مثل أختها، التي اختفت فجأة بصورة غريبة، يمكنها أن تفعل ما تشاء، هكذا تقول، والفتاة تقول إن هذا بالضبط ما تفعله، نعم، بالضبط، وتقول المرأة العجوز إن الانسياق وراء رغباتها، ليس المقصود به أن تفعل ما تريد، فبالطبع لا بد أن تنساق وراء رغباتها، ولكن ليس بهذه الطريقة، لا بد أن تستخدم رغباتها كي تؤمِّن لنفسها مَورِد رزق شريفًا، لا بد أن تتزوج وتصبح فتاة محترمة، لا بد أن يكون لديها زوج وأطفال ولا بد أن تُحسن التصرف، لا ينبغي أن تلقي بنفسها على مختلف الرجال من أجل النزر اليسير أو من أجل لا شيء، نعم، نعم هذا ما فعلته بنفسها، وحصلت على النزر اليسير وما أقل الذي تبقى لها الآن لأنها اقترفت ذلك، لم يتبقَّ لها شيء، لا شيء سوى العار فحسب، ولعل هذا شيء طيب بشكل ما، ما دام يدوم، لكنه لا يدوم، فأنت على أعتاب سنين يمكنك الشعور فيها بالأمان وأنت تقومين بعمل الأشياء التي تريدينها، عندما ينتهي الأمر، نعم، نعم انتهى الأمر، انتهى الأمر، لا أحد سيقدم لك أي شيء بعد الآن، هذا هو الوضع وهذه هي الطريقة التي تسير بها الأمور، هكذا تقول وتقول الفتاة بالطبع، هكذا تسير، لذا ينبغي أن تستفيدي عندما يكون في مقدورك، هكذا تقول، وتقول المرأة العجوز إنها لم تسمع قَطُّ في حياتها شيئًا لا معنى له أو أحمق مثل ذلك الذي تقوله، إنها عاشت طويلًا وتعرف ما تتحدث عنه لذلك بدلًا من المعاندة ينبغي لكِ أن تنصتي إلى شخص عاش طويلًا ولديه خبرة وينبغي أن تتبعي خطاه، هكذا تقول، وتقول الفتاة إنها لا تستطيع أن تتحمل الاستماع

إلى كلامها أكثر من ذلك وتقف أمام أولاف وتفتح الجزء العلوي من
ثوبها وتمسك ثدييها وترفعهما نحوه فتنهض المرأة العجوز وتذهب
إليها وتجرها من كُم ثوبها

تقول المرأة العجوز: لا، لقد تماديتِ

تقول: كيف تفعلين هذا

تقول: أتعرضين نفسك بهذا الشكل

تقول: أنتِ أنتِ

تمسك بشعر الفتاة

تقول الفتاة: آه، كُفِّي

تقول المرأة العجوز: أنتِ التي ستكفين

تقول الفتاة: يا عاهرة، يا عاهرة، يا عاهرة

تقول المرأة العجوز: ّتقولين عاهرة

تقول الفتاة: يا عاهرة، يا عاهرة

وتتمكن من الإمساك بذراع المرأة العجوز وتسحبها إلى فمها
وتعضها فتقوم المرأة العجوز بإفلاتها

تقول المرأة العجوز بصوت متذمر: يا ملعونة، يا ملعونة

تقول: أهذا هو الشكر الذي تقدمينه لي، أيتها الملعونة

تقول: اخرجي، اخرجي، اخرجي من بيتي

تقول: اخرجي يا عاهرة، اخرجي

زرَّرت الفتاة ثوبها

تقول المرأة العجوز: خذي أغراضك وارحلي

تقول: نعم افعلي ذلك

تقول: هيا الآن، فورًا

تقول الفتاة: سآتي وآخذ أغراضي فيما بعد

تقول المرأة العجوز: نعم فلتفعلي ذلك إذن

ثم يرى أولاف الفتاة تمشي عبر الردهة وتفتح الباب وتخرج وعند الباب يقف الرجل العجوز ويظل هناك واقفًا ينظر إلى أولاف ويقول الرجل العجوز ماذا يفعل هنا بحق السماء، لا شأن له بمسكنه الآن، هل هو متطفل أيضًا، وهذا أيضًا، ربما، هكذا يقول، لو كان قد دعاه إلى قَدَح بيرة هناك في حانة «شينكستوفا»، لكان الوضع اختلف، لكن هل فعل ذلك، لا، مطلقًا، بمجرد أن ألمح إلى ذلك، احتسى قَدَحا وغادر، والآن، وقف هناك في مسكنه، وما شأنه به، هكذا يقول، ويقول ذلك الآن، سيذهب الآن ويحضر الشرطة، والشرطة سوف تتولى أمره، لأن الشرطة لديها الكثير كي تتحدث عنه مع أسلا، هكذا يقول، وهناك تقف المرأة العجوز وتقول للرجل العجوز لا أهذا معقول، ماذا هناك، ما جريمة أسلا، هكذا تقول ويتجه أولاف نحو الباب ويمد الرجل العجوز ذراعيه ويمسك بإطار الباب بكلتا يديه ويقف هناك ويغلق الباب

يقول الرجل العجوز: اذهبي وأحضري الشرطة

تقول المرأة العجوز: أنا

يقول: نعم نعم أنتِ، نعم

تقول: لكنني لا أستطيع أن أتجاوزك

يقول: أنت على حق

تقول: لماذا يجب أن أحضر الشرطة

يقول: لا تسألي

يقول: افعلي ذلك فحسب

تقول: حسنًا إذا كان هذا ما تقوله

وتمشي نحو أولاف وعندما تتجاوزه يلامس شعرها الأشيب
الكثيف الطويل ذراعه ثم يرفع الرجل العجوز ذراعًا واحدة ويدعها
تمر وهو ينظر إلى أولاف. هذه الطريقة تناسب أمثالك، يا أسلا، هكذا
يقول ثم يدخل الرجل العجوز ويغلق الباب وراءه

يقول الرجل العجوز: كنت تتعقب ابنتي إذن

يقول: كنت تطارد ابنتي، ولكنك لم تفلح وبدلًا من أن تُحاكم
سوف يلف حبل المشنقة حول رقبتك في بانتين

يقول: هكذا، هكذا تسير الأمور مع أمثالك، أنت يا أسلا

يقول: أنت قاتل

يقول: لقد قتلت، نعم، أنا أعرف

يقول: من قتل نفسًا يُقتل

يقول: هذا هو القانون، قانون الله

ويسحب مفتاحًا، ويغلق الباب خلفه ويستدير هناك

يقول: هكذا

ويخطو خطوات قليلة نحو أولاف

يقول: إذن، أنت اسمك أولاف، أهو كذلك

ويمسك بذراعه

يقول أولاف: نعم

يقول: كان اسمك أولاف إذن

يقول: لا شيء غير ذلك، هذا فحسب

يقول: أولاف نعم

يقول: ومنذ متى كان هذا اسمك

يقول أولاف: إنه اسمي الأول

يقول الرجل العجوز: نعم، نعم

يقول: الآن أظن أنك لا بد أن تأتي معي

يقول: هل ستأتي معي طَوعًا أم كَرهًا

يقول أولاف: لماذا لا بد أن آتي معك

يقول الرجل العجوز: سوف تعرف عاجلًا

يقول أولاف: أريد أن أعرف قبل أن آتي معك

يقول الرجل العجوز: هذا ما أقرره أنا

ثم يترك ذراعه

يقول الرجل العجوز: لا

يقول: لا بل الأفضل أن تنتظر حتى تأتي الشرطة

يقول: أنت شاب وقوي، وأنا عجوز

يقول: يمكنك أن تهرب مني، أليس كذلك

يقول: لكن الآن، الآن سرعان ما ستصل الشرطة هنا

وينظر إلى أولاف

يقول: هل تعرف ما ينتظرك

يقول: لا، لا بالطبع لا تعرف

يقول: لا تعرف لا

يقول: هذا صحيح

يقول: رأيي أن الأمر كذلك

ثم يجذب أحدهم مقبض الباب وتصرخ المرأة العجوز، افتح، فيذهب الرجل العجوز ويفتح الباب ثم يرى أولاف المرأة العجوز تقف هناك وإلى الخلف منها يقف رجل في مثل عمره يرتدي ملابس سوداء ومن خلفه يقف رجل آخر في العمر نفسه تقريبًا وهو أيضًا يرتدي ملابس سوداء

يقول الرجل العجوز: ها هو هناك

ثم يمشي الرجلان إلى أولاف ويضعان ذراعيه خلف ظهره ثم يكبلانهما ثم يمسكانه، كل واحد منهما يمسك بذراع، ثم يسحبه الرجلان باتجاه الباب ويسمع الرجل العجوز يقول هكذا، نعم، هذه نهايته، هذه نهاية أسلا من ديلجيا، هكذا يقول، وماذا يتوقع غير ذلك، لأن من قتل نفسًا يُقتل، كما قال الكتاب، هكذا يقول، ويستدير أولاف ويرى الرجل العجوز يقف هناك عند الباب وتلتقي عيونهما ثم يقول الرجل العجوز إن هذه هي الطريقة التي تناسب شخصًا لم يدعُه إلى قَدَح بيرة، شخصًا، حتى لو كان لديه المال، فإنه يرفض أن يشاركه فيه، هكذا يقول، ومن ثم فقد لجأ إلى طريقة أخرى كي يكسب بعض المال، مكافأة، هل سمع أسلا عن ذلك لا لا، لم يسمع عن ذلك قطُّ، لا، ولكنْ هناك شيء يُسمى مكافأة، إنها موجودة، نعم، هكذا يقول، ثم يضحك ويستدير أولاف ويقوده الرجلان أسفل الدرج ويخرجان به إلى الشارع ويمشيان بسرعة في الشارع، رجل على كل جانب منه وكلاهما يحكم قبضته على إحدى ذراعيه جيدًا ولا أحد منهما يقول أي شيء وهو يعتقد أن الأفضل ألا يقول شيئًا، وهناك إلى الأمام

يرى الفتاة تقف وهي تراه وتقول، لا أهو أنت، حسنًا، أهو أنت من يمشي منطلقًا وفي أحسن حال، هكذا تقول، حسنًا، سررت برؤيتك مرة أخرى، ثم ترفع ذراعًا، وهناك، وحول معصمها السوار الرائع، أرقى سوار من الذهب الأكثر اصفرارًا واللؤلؤ الأكثر زرقة وتقف هناك وهو حول معصمها وتقف هناك وذراعها مرفوعة ثم تلوح إلى أولاف وتبتسم له، لا، لا، إنه يعتقد أنها سرقت السوار، لا بد أنها وضعت يدها داخل جيبه، هكذا يفكر، السوار، الذي يجب أن يكون حول معصم أوستا، الآن، الآن يبرق ويتلألأ حول معصم تلك الفتاة وتذهب إليهم وتبدأ في المشي إلى جانبهم وطوال الوقت ترفع ذراعها التي بها السوار أمامها وشعرها الطويل الأشقر يروح ويجيء، يروح ويجيء وتمشي ثم تقول إنها أوشكت أن تقول إنها اشتاقت إلى رؤيته مرة أخرى، هكذا تقول، ولكنه الآن، لم تعد هناك فائدة من ورائه، هكذا تقول، وطوال الوقت ترفع ذراعها أمامه وحول معصمها السوار، لم يعد يمتلك ما يميزه عن غيره، هكذا تقول، ولكن عندما يُطلق سراحه مرة أخرى، نعم، يمكنه أن يأتي بالطبع، لا بد أن يعود لها ثانية، هكذا تقول بإمكانه العودة إليها مرة أخرى، ثم ترفع ذراعها وحول معصمها السوار أمام عينيه تمامًا، ثم تقول انظر، ألا يبدو جميلًا، تخيل أنك جئت وأعطيتني سوارًا رائعًا مثل هذا، هكذا تقول، شكرًا جزيلًا، شكرًا جزيلًا على ذلك، هكذا تقول، سأظل دائمًا ممتنة لهذا، هكذا تقول، ثم تقول إنه بمجرد إطلاق سراحه، سيحصل على شيء مقابل السوار وهي تعده بذلك، شكرًا شكرًا على السوار، هكذا تقول، ويغلق عينيه ويدع الرجلين يقودانه أينما شاءا ويمشيان عبر الشارع

ثم يسمع الفتاة تهتف شكرًا شكرًا على السوار، نعم، هكذا تهتف، وتهتف، ولا يريد أن يفتح عينيه ويمشي إلى الأمام بخطوات مطّردة أين أوستا، أين سيجفالد الصغير، أين أوستا وسيجفالد الصغير، يفكر أولاف وهو يمشي بخطوات مطّردة، إلى الأمام، وعيناه مغلقتان ثم يرى أوستا تمر هناك أمامه وهي تحمل سيجفالد الصغير على صدرها، تقف هناك أمام البيت في بارمين، هناك تقف أوستا الطيبة، أنتِ أطيب أوستا، هكذا يفكر ثم يسمع نفسه يقول، لعل الأفضل من الآن فصاعدًا أن يقولا إن اسمه أولاف وليس أسلا، هكذا يقول، وتسأل أليدا لماذا، ويقول إنه يعتقد أن ذلك سيكون أفضل وأكثر أمانًا في حال إن أراد أحد أن يعثر عليهما لسبب أو آخر، هكذا يقول، وتتساءل لماذا يريد أي أحد أن يعثر عليهما وهو يقول إنه لا يعرف، ولأنه قلق فإنه يظن أنه لعل الأفضل أن يغيرا اسميهما، وتقول إذا كان هذا هو ما يظنه، فلا بأس، فسيكون الأمر هكذا، هكذا تقول

يقول: أنا الآن أولاف وليس أسلا

تقول: أنا أوستا ولست أليدا

ثم يقول إن أولاف يدخل البيت وتقول إن أوستا سوف تدخل معه البيت، ويفتح الباب ويدخلان لكن سيجفالد الصغير لا يزال من الممكن أن يظل اسمه سيجفالد

يقول: بالطبع، يا أوستا

ثم تضحك

تقول: أنت أولاف، أنت أولاف

ثم تضحك

يقول: أنتِ أوستا، أنتِ أوستا

ويضحك هو أيضًا

يقول: واسم العائلة هو فِيك

يقول: أوستا وأولاف فيك

تقول: أولاف وأوستا وسيجفالد الصغير

يقول: هكذا هي الحال الآن

تقول: لكن كم من الوقت تعتقد أنه يمكننا العيش هنا

يقول: لوقت طويل جدًّا بالتأكيد

تقول: لكن لا بد أن شخصًا ما يمتلك هذا البيت

تقول: نعم، نعم حتمًا هناك شخص ما، لكن ربما يكون قد مات

تقول: هل تعتقد ذلك

يقول: كان خاليًا عندما وصلنا إلى هنا، وعلى الأغلب ظل خاليًا لبعض الوقت

تقول: نعم ولكن لا يزال ذلك احتمالًا

تقول: إنه مكان يطيب العيش فيه

يقول: شيء طيب أن نعيش هنا

تقول: نعم

يقول: لا يزال هناك الكثير من اللحم المُقدَّد

تقول: نعم

يقول: نعم كنت محظوظًا أنني وجدته

تقول: وجدته

يقول: لديهم ما يكفي منه في هذه المزرعة

تقول: لا ينبغي أن تسرق من الجيران

يقول: إذا لزم الأمر فأنا مضطر

تقول: ربما هذه هي الحال

يقول: وأنا قادر على صيد السمك

تقول: لكن هذا القارب، ألا تظن أنه معطل

يقول: إن القارب راسٍ هناك في أمان

تقول: نعم سندبر الأمر

يقول: أنتِ وأنا سوف ندبر أمرنا

تقول: أنتِ وأنا وسيجفالد الصغير

يقول: أوستا وأولاف فيك

تقول: وسيجفالد الصغير

يقول: إن كل شيء يسير على ما يرام

ثم يقول إنه في يوم ما سيذهب إلى بيورجفين كي يقضي مشوارًا هناك

تقول: هل أنت مضطر

يقول: لا، ولكن هناك شيئًا أريد شراءه من هناك

تقول: ربما لم يكن ينبغي لك بيع هذا الكمان

يقول: لأنني بعت الكمان، يمكنني الآن شراء شيء ما من
بيورجفين

يقول: لكن

تقول: نعم

يقول: ثم كان لا بد أن نحصل على شيء نأكله في ذلك اليوم، أيضًا

تقول: نعم، لا بد أن يأكل المرء كل يوم

يقول: نعم، لا بد

ومن ثم يقول أولاف إنه ربما يجب عليه فعلًا الذهاب إلى بيورجفين اليوم، لقد كان يفكر في ذلك منذ فترة واليوم هو الوقت المناسب، هكذا يقول، وتقول أوستا لا، ليس اليوم، لأنها ستبقى بمفردها في بارمين وهذا ليس شيئًا طيبًا بالنسبة لها، فقد تحدث أشياء كثيرة، وقد يأتي كثير من الناس، وهي لا تحب أن تكون بمفردها، هكذا تقول، كل شيء يصبح أجمل بكثير عندما يكون الاثنان معًا هكذا تقول، وأولاف يقول إنه سيعود بأسرع ما يمكن، سوف يسرع، سوف يمشي بأقصى سرعة ممكنة وبعد ذلك سيشتري ما يفكر في شرائه ثم يعود لها ومعه الشيء الذي اشتراه، نعم ولن يغيب بعيدًا فترة طويلة، هكذا يقول، وهي تقول إنها وسيجفالد الصغير يمكنهما أن يأتيا معه، ويقول بالطبع يمكنهما، فهو لا يريد أكثر من ذلك إلا أنه سوف ينجز الأمر أسرع لو ذهب بمفرده فهو لا يفاضل بين شيئين، سوف يصل أسرع إذا ذهب بمفرده، أما إذا ذهبا معًا فسيكون عليهما حمل سيجفالد الصغير ومن ثم سيستغرق الوصول إلى بيورجفين وقتًا أطول، ولكن إذا مشى بمفرده فلا بد أن ذلك لن يستغرق وقتًا طويلًا، وسوف يسرع قدر الإمكان، وسوف يهرول حتى يعود إليها بسرعة وإلى سيجفالد الصغير، هكذا يقول، وتقول أوستا إن ما يقوله صحيح، ولكن عليه أن يعدها بألا ينظر إلى الفتيات هناك في بيورجفين، هكذا تقول، ولا ينبغي له أن يثرثر معهن أبدًا، لأن هؤلاء الفتيات لا يشغل تفكيرهن إلا شيء واحد فقط، وهن وقحات هناك، يتجولن، ويُثرن الغرائز الجنسية ويغتَبن كل الآخرين، نعم لا بد أنه يعدها أنه لن يتحدث إليهن، هكذا تقول

ويقول أولاف إنه لا يذهب إلى بيورجفين من أجل الثرثرة مع أولئك الفتيات، وتقول نعم، إنها تعرف ذلك تمامًا، لكن قلقها ليس بخصوص ما سيفعله، لا على الإطلاق، إنما بخصوص الفتيات اللواتي هناك، وعزمهن وقوتهن، لأن البنات في بيورجفين يعرفن ما يردن، لا أحد يعبث بهن، هكذا تقول، ثم تقول إنه لا ينبغي أن يذهب، لا يمكنه أن يذهب، فهي تراه مع فتاة أخرى، فتاة فاتنة شعرها طويل أشقر، أوه يا للبشاعة، هكذا تقول، فتاة فاتنة وداعرة، ذات شعر أشقر، وعينين زرقاوين، شعرها ليس أسود كشعرها، عيناها ليستا بنيتين كعينيها، أوه يا له من شيء بشع، تقول أوستا، وتقول أن لا، لا يمكنه الذهاب إلى بيورجفين اليوم، فسوف يحدث مكروه لهما، هناك مكروه سيحدث، شيء بشع، بشع للغاية، شيء لا تجرؤ حتى على التفكير في حدوثه، شيء لا يطاق، كل شيء سوف يتحطم، سوف يختفي، مثلما اختفى الأب أوسلايك، سوف يختفي هو أيضًا، سيختفي إلى الأبد، يمكنها أن تشعر بذلك، هي تعلم ذلك، وهي متأكدة، وهي على يقين، ولا بد أن تخبره بل لا يمكنها ألا تخبره، يجب أن تقول، هكذا تقول، وتمسك بيده وتقول لا ينبغي أن يتركها، لأنها لن تراه مجددًا عندئذ، هكذا تقول، وهو يقول لا، ينبغي أن يذهب إلى بيورجفين اليوم، إنها مسافة طويلة، واليوم الطقس معتدل، بلا ريح، وبلا مطر، ويمكنها أن ترى بنفسها كيف يرقد الفيورد اليوم هادئًا ولامعًا، وأزرق ويا لها من زُرقَة، ويا له من طقس لطيف، فهو يوم مناسب للذهاب إلى بيورجفين، وهو متأكد من ذلك، وإذا جاء أحد يسأل عن اسمه، أو اسمها، فعليها أن تقول إن اسمه أولاف واسمها أوستا، بالطريقة التي اتفقا عليها الآن وإذا

سأل من أين جاءا فلا داعي لأن تقول إنهما جاءا من ديلجيا، هكذا يقول، وتتساءل ماذا تقول عن المكان الذي جاءا منه فقال إنهما جاءا من مكان ما خارج بيورجفين، شمالًا، اسمه فِيك، لأنه لا بد أن يكون هناك مكان شمال بيورجفين اسمه فِيك، هكذا يقول، وتقول حسنًا إذن، إن اسمها أوستا وجاءت من فِيك، ومن ثم فاسمها الكامل هو أوستا فيك ثم يقول نعم، نعم هذا هو، وإن اسمه الكامل هو أولاف فيك. هذان هما اسماهما من الآن فصاعدًا. الآن أصبح اسماهما أوستا وأولاف فيك، وهما متزوجان، ولديهما ابن اسمه سيجفالد فيك وقد تزوجا في كنيسة فيك وعُمِّد ابنهما سيجفالد هناك في وقت لاحق، وهما لم يحضرا الخاتمين بعد وسوف يحضرانهما قريبًا جدًّا، ينبغي أن تقول ذلك، هكذا يقول

تقول: حسن إذن يا أولاف فيك

يقول: اتفقنا يا أوستا فيك

ويتبادلان الابتسام والآن، هكذا يقول، الآن، هو أولاف فيك، وهو في طريقه إلى بيورجفين، لأن لديه مشوارًا هناك، وعندما ينتهي من مشواره، سيعود إلى البيت مباشرة، إليها وإلى سيجفالد الصغير

تقول: نعم، لا بد أن تفعل ذلك

يقول: لا بد لي

ثم تراه أوستا هناك عند الباب يبتسم لها ثم يغلق الباب بسرعة والآن هي وحيدة مرة أخرى، هي وسيجفالد الصغير، وهي تشعر بكل ذرة في كيانها بأنها لن ترى أولاف مرة أخرى أبدًا، ينبغي ألا يذهب، ينبغي ألا يذهب إلى بيورجفين اليوم، هكذا تفكر، لكنها أخبرته بذلك

وأخبرته بما تعرفه، لكنه لا ينصت إليها، يمكنها أن تقول ما تريد، لكنه لا ينصت لما تقوله على الرغم من ذلك، وهي لن تخرج وتشاهده وهو يختفي أمامها، وأنها لن تراه مرة أخرى للمرة الأخيرة، لأنها الآن قد رأت رجُلها، حبها، لآخر مرة، هكذا تفكر، وهو اسمه أولاف وهذه آخر مرة ترى فيها رجلها أولاف، ما حدث للأب أوسلايك سيحدث له، هو أيضًا رحل واختفى إلى الأبد، وهي الآن بمفردها مرة أخرى، هي وسيجفالد الصغير، هما الاثنان فقط لا غير، من الآن فصاعدًا، لن يكون هناك سواهما، هكذا تفكر أوستا، ثم يبدأ سيجفالد الصغير في البكاء، فترفعه إلى أعلى وتهدهده، وتقف هناك وتضمه إلى صدرها وهي تهدهده وهو يبكي ويبكي وهي تهدهده لا تبكِ، لا تبكِ يا صغيري الحبيب، هكذا تقول، وهي تهدهده، لا تبكِ، يا صغيري الحبيب، لا تبكِ، هكذا تقول، لا تبكِ، لا تبكِ، لا تجلس في القش، هكذا تقول، لا تضحك، لا تنتحب، لا تجلس ولا تبتئس، لا تفعل شيئًا هنا ففي هذا البيت سوف تسكن، سوف تسكن هنا الأم أليدا وسيجفالد الصغير، هنا سيعيشان وهنا سيسكنان، هذا البيت لك ولي، وهنا سوف يشتغلان، الأم أليدا سوف تنسج وسيجفالد سوف يخرج إلى عرض البحر في قاربه، لذلك لا تبكِ، كل شيء سيكون على ما يرام، وفي يوم ما سيأتي القلعة، وفي أحد الأيام سيأتي القصر، هكذا تقول، ويتوقف سيجفالد عن البكاء ويقفز أولاف هاربًا من الرجلين اللذين يمسكان ذراعيه فيركلانه بدورهما، ثم يقولان ماذا يحاول أن يفعل، هل يظن أنه من السهل أن يفلت منهما، لا، الآن لا بد أن يتقبل الأمر، وسرعان ما سيتوقف عن التملص تمامًا، قريبًا سوف يرقد هناك جثة هامدة بلا حراك بالطريقة

التي يستحقها كل من قتل نفسًا، فمن قتل يُقتل ولن ندعه يتملص أكثر من ذلك، أوه لا، وهذا ما سيفعله الجلاد، إنه على دراية بهذه الأمور، الجلاد، هو خبير في جعل الرجال من أمثاله يتوقفون عن التملص، هكذا يقولان، ويقولان إن هذا أكيد ومن المؤكد، ومن الأفضل له أن يهدأ، سوف يخرج إلى بانتين وسيلتف حوله جَمْهَرَة من الناس، ومعظمهم ممن يعيشون في مدينة بيورجفين تقريبًا كي يشاهدوه وهو معلق على المشنقة هناك، سيشاهده جميع سكان بيورجفين معلقًا على المشنقة هناك، وعندما يموت ويصبح جثة هامدة فسوف يشاهدونه معلقًا على المشنقة هناك ومن ثم سيرونه ملقى على الأرض ميتًا ومتصلبًا ورقبته مكسورة، نعم سوف يفعلون، فلعل الأفضل أن يتوقف عن الركل ويمكنه أن يركل ويتملص بذراعيه وساقيه عندما يعلقه الجلاد على المشنقة، وعندئذ يمكنه أن يركل ويتملص كيفما شاء، ولكن حتى ذلك الحين عليه أن يوفر على نفسه الركل والتملص، هكذا يقولان ثم يسحبانه بقوة ويركلانه ويستمران في المشي وهو لا يستطيع مواكبتهما ثم يسقط على ركبتيه ويجرانه في الشارع ويؤلمه ذلك ويقف على قدميه مرة أخرى ومن ثم يمشيان بخطوات مطَّردة إلى الأمام ثم يقولان إنهم سيصلون هناك قريبًا ويقولان نعم وصلوا، هذا شيء طيب، لذلك ليس عليهما جر هذا الحقير بعد الآن، فسوف يتخلصان منه بمجرد أن يدخلاه الحفرة ويغلقا الباب بإحكام خلفهما، وعندئذ يكونان قد أنهيا مهمتهما، ثم يتولى آخرون أمره، هكذا يقولان، ويجب أن يكون الجلاد جاهزًا في غضون أيام قليلة، وبعد ذلك ستتخذ العدالة مجراها، في حضور الجميع، خاصة السكان في بيورجفين، هناك في بانتين، سوف تأخذ

العدالة مجراها، وهذا ما يقدمانه من مساعدة لتأخذ العدالة مجراها، ولا بد أن تكون هناك عدالة، لا بد أن تكون هناك عدالة دائمًا، ولما يقوم الجلاد بعمله عندها فقط تكون العدالة قد أخذت مجراها، هكذا يقولان، وينعطفان فجأة إلى اليمين ويقولان إنه الآن في طريقه إلى الحفرة ويقولان إن القبض عليه في النهاية شيء طيب بالتأكيد، وكل ذلك بفضل المتشرد العجوز، وهناك المزيد ليقوم به الجلاد الآن، هكذا يقولان، ثم ينعطفان فجأة إلى اليمين مرة أخرى وينزلان درجًا منحدرًا وينظر أولاف إلى الأعلى وينظر مباشرة إلى صخرة سوداء مبلولة وهما يجرانه إلى أسفل الدرج، وعندما ينزلون يجدون ظلمة إلى درجة أنه بالكاد يرى أي شيء، مجرد شيء رمادي وأسود وهو على الأرجح باب هناك أمامه، ثم يتوقفان ويقوم الرجل الذي أمام أولاف بإفلاته.

ثم يسمع صوت خشخشة، ويرى الرجل الذي أمامه ينحني نحو الباب ويتلمس طريقه ويسب ويضع المفتاح في القفل ويدفع الباب ويفتحه

يقول: الأمر ليس سهلًا في الظلام

يقول: لكنني تدبرت الأمر

يقول: اللعنة، لقد أفلحت

ويدخل الرجل الذي أمام أولاف من الباب بينما يسحب الرجل الذي وراءه ذراعه، ويستطيع أولاف أن يطأ بقدمه أول درجة، ثم الدرجة الثانية ويدخل من الباب

يقول أحدهما: هذا هو المكان الذي ستقضي فيه ما تبقى لك من وقت

يقول الآخر: ما تبقى لك من وقت، سوف تقضيه هنا

يقول: وهذا يناسبك،

يقول: الناس من أمثالك لا يجب أن يعيشوا

يقول الآخر: أمثالك من القتلة يُقتلون

ويقف أولاف هناك ثم يخرج الرجلان ويغلقان الباب في وجهه،
ويسمع صوت المفاتيح تُقعقع ويسمع الباب يُغلق ثم يقف هناك ويضع
كلتا يديه على الباب ثم يقف هناك فحسب وهو لا يفكر في أي شيء،
كل شيء فارغ ولا يدركه حزن أو فرح، ثم يحرك يدًا واحدة بعيدًا عن
الباب ويضعها على حجر والحجر مبلول ويترك يده تنزلق ببطء على
الحجر ويدع يده الأخرى تنزلق أيضًا على الحجر ثم تصطدم ربلة ساقه
بشيء ويُنزل يده إلى الأسفل ويبدو أنه دكة، ثم يتلمس طريقه إلى الأمام
ويجلس بحذر ويتحسس ما حوله ويستلقي ثم يظل مستلقيًا هناك على
الدكة ويمعن النظر في الغرفة المظلمة، وهي خاوية، خاوية، خاوية مثلها
مثل أكثر الظلمات خواءً، وهو مستلقٍ هناك فحسب، يستلقي، ويستلقي
ويغلق عينيه ثم يشعر بيد أليدا هناك على كتفه ويستدير ويلف ذراعه
حولها ويسحبها بالقرب منه ويسمع حتى أنفاسها المنتظمة وهي تبدو
مستلقية هناك نائمة وأنفاسها منتظمة وجسدها دافئ ويمد يده ويشعر
بسيجفالد الصغير يرقد بجوارها ويسمعه أيضًا وهو يتنفس أنفاسًا
منتظمة فيضع يده على بطن أليدا ويستلقي هناك في هدوء تام ولا يتحرك
ويستمع إلى أنفاسها المنتظمة ويستدير ويشعر بالبرد وهو يشعر بالدفء،
يشعر بالبرد وبالدفء، يشعر بالبرد وهو يتصبب عرقًا، ويشعر بأليدا،
أين أليدا وسيجفالد الصغير، أين سيجفالد الصغير، الدنيا ظلام، وكل
شيء مُبلَّل، وهو يتصبب عرقًا هل هو نائم أم مستيقظ، ولماذا هو هنا،

لماذا لا بد أن يكون هنا، لماذا هو هنا في الحفرة، والباب مغلق، وأليدا، هل سيرى أليدا مرة أخرى هي وسيجفالد الصغير، ألن يرى سيجفالد الصغير مرة أخرى، ولماذا هو هنا في هذه الحفرة، وهو يشعر بالدفء جدًّا، وهو يشعر بالبرد جدًّا، وهو نائم، وهو مستيقظ، ربما، يشعر بالدفء، ويشعر بالبرد، يفتح عينيه، وهناك ثقب في الباب يدخل منه بصيص نور ويرى الباب ويرى الأحجار الكبيرة، حجرًا فوق حجر، وينهض، ويذهب إلى الباب ويشد المقبض، والباب موصد ويرمي بكل ثقله على الباب ويدفعه والباب موصد وأين أليدا، أين سيجفالد الصغير، إنه يشعر بالبرد، ويتصبب عرقًا وهو ينظر من ثقب الباب ولا يمكنه رؤية شيء سوى الأحجار على الدرج، هل جاء هنا منذ فترة طويلة أم وصل إلى هنا توًّا، هل سيبقى هنا لفترة طويلة أم سيخرج إلى نور النهار، هل بوسعه أن يمشي في الشوارع ويعود إلى البيت إلى أليدا وسيجفالد الصغير، وأليدا وسيجفالد الصغير، وهو أسلا، ثلاثتهم، هكذا يفكر، ولكن لم يعد اسمه أسلا، إنما اسمه أولاف، بل إنه حتى لا يتذكر، واسمه أولاف، واسم أليدا هو أوستا وسيجفالد الصغير اسمه سيجفالد ثم يجفل لأنه يسمع خطوات ثم يسمع مفتاحًا يوضع في القفل ويذهب ويجلس على الدكة، من المؤكد أن من جاء ليأخذه ليس الجلاد، لا يمكن أن يكون الأمر هكذا، لا، سوف يعود إلى أوستا وإلى سيجفالد الصغير، لذلك لا يستطيع أحد أن يضع حبلًا حول رقبته ويشنقه، بالطبع، لا، يمكنهم أن يعتقدوا ما يشاءون، ولكن هذا لن يحدث، هكذا يفكر أولاف، ويجلس على الدكة ويحدق إلى الأمام، ثم يرى أن الباب يُفتح ويدخل رجل إلى الحفرة، إنه ليس

ضخمًا للغاية، بل مُنْحَنٍ، مُبْثَنٍ، على رأسه قبعة رمادية محبوكة ويقف
وينظر إلى أولاف ويرى أنه الرجل العجوز، ها هو القاتل إذن، هكذا
يقول بصوت رفيع متذمر
يقول: والآن العدالة على وشك أن تأخذ مجراها يا أسلا
يقول: من قتل نفسًا يُقتل
ثم ينظر إليه الرجل العجوز بعينيه الحولاوين، ويخرج ما يبدو أنه
كيس أسود، ولبَّسَ رأسه الكيس، ويظل يقف عند الباب لفترة طويلة،
ومن ثم يخلع الكيس من على رأسه
يقول: أرأيت ذلك يا أسلا
ويحدق فيه بعينيه الحولاوين
يقول: يجب أن تعرف من أنا، من هو الجلاد
يقول: أرى أنك تستحق على الأقل أن تعرف
يقول: ما رأيك أنت يا أسلا
يقول: ألا توافقني
يقول: نعم نعم أنا متأكد من أنك متفق معي
يقول: لا أتخيل أن لك رأيًا آخر
ثم يستدير الرجل العجوز ويسمعه أولاف يقول إن بوسعهما
أن يأتيا الآن ثم يقبل الرجلان اللذان أنزلاه إلى الحفرة ويدخلان
الحفرة ويقفان، كل واحد منهما على أحد جانبي الرجل العجوز
وإلى ورائه قليلًا
يقول الرجل العجوز: حان اليوم وحانت الساعة
يقول: الآن أنا هنا

يقول: الآن وصل الجلاد

ثم ينادي عليهما ليحملاه ويدخل الرجلان ويمشيان إلى الحفرة

ثم إلى الدكة ويمسكان كتفي أولاف ويجلسانه على الدكة ثم يرفعانه

يقول الرجل العجوز: قف

ويقف أولاف وكل منهما يشده من ذراع ويضعان ذراعيه خلف

ظهره ويكبلانه

يهتف الرجل العجوز: الآن امشِ

ويأخذ أولاف خطوة إلى الأمام

يهتف مرة أخرى: امشِ

ويمسك الرجلان أولاف مرة أخرى

يقول الرجل العجوز: الآن سوف تأخذ العدالة مجراها

ثم يبدأ الرجلان بالمشي نحو الباب وأولاف بينهما، كل منهما

يمسك بذراع، ثم يخرجان ويبدآن في صعود الدرج وعندما يصلان

إلى الأعلى يتوقفان ثم يرى أولاف الرجل العجوز يغلق الباب المؤدي

إلى الحفرة ثم يصعد الدرج ويقف أمامهم وينظر إلى أولاف

يقول الرجل العجوز: الآن سوف ننفذ القانون

يقول: الآن حان وقت العدالة

يهتف: خذاه إلى بانتين

يهتف مرة أخرى: امشِ

ثم يبدأ الرجل العجوز بالمشي بخطوات مطَّردة عبر الشارع وهو

يلوح بالكيس الأسود، ويشد الرجلان ذراعي أولاف، ويظل يمشي

في الشارع بين الرجلين وخلف الرجل العجوز، وبعد ذلك يهتفون

الجلاد، الجلاد هنا، الآن سوف تأخذ العدالة مجراها، الآن سوف ينال الأموات قِصاصهم، ويمد أولاف يده لكن لا شيء هناك، إنه يشعر أن لا أحد هناك، أين أنتِ، أين أنتِ الآن يا أليدا، هكذا يفكر ويمد يده إلى الأمام قليلًا ولكن سيجفالد الصغير ليس هناك فأين هما، أين هما، أليدا وسيجفالد الصغير، هكذا يفكر، ويرى أن الرجل العجوز يلوح بالكيس الأسود وينادي، هيا تعالوا الآن، تعالوا تعالوا كي تشاهدوا العدالة وهي تأخذ مجراها، هكذا يهتف، الآن ينبغي أن تأتوا، ويرى أولاف الناس تتجمهر وتلتف حول الرجل العجوز وحوله أيضًا

يهتف الرجل العجوز: تعالوا، تعالوا

يهتف: الآن تأخذ العدالة مجراها

يهتف: اذهب الآن

يهتف: الآن ستأخذ العدالة مجراها في بانتين

يهتف: تعالوا، فليأتِ الجميع

يهتف: هيا امشِ

ويرى أولاف أن كثيرًا من الناس قد تجمهروا بالفعل، مجموعة كبيرة من الأتباع هو جزء منها ثم يسمع أليدا تقول ألن تستيقظ، ويراها تقف في الغرفة ترتدي نصف ملابسها وهو ينهض ويرى سيجفالد الصغير يحبو حولها وهو عارٍ تقريبًا ويسمع الرجل العجوز يهتف، هيا تعالوا الآن وأولاف يشعر بالبرد، ويشعر بالدفء، وكل شيء خاوٍ ويغلق عينيه ويمشي إلى الأمام فحسب وهو يسمع هتافًا وصراخًا وعويلًا ولم يعد هناك شيء بعد الآن، كل ما هو موجود

الآن هو التحليق، لا فرح ولا حزن، والآن لم يتبقَّ سوى التحليق، وهو يحلق، وأليدا تحلق، هكذا يفكر

ينادي: أنا أسلا

ويمشي وهو يغلق عينيه

يقول الرجل العجوز: نعم أنت أسلا

يقول: أليس هذا ما كنت أقوله طوال الوقت

يقول: لكنك تظاهرت بأنك لم تعد أسلا

يقول: أنت كذاب

ويحاول أسلا أن يكون ما يعرف أنه هو، تحليق، والتحليق يُسمى أليدا، يريد أن يكون هو المحلق فقط، هكذا يفكر أسلا، ويسمع صراخًا وعويلًا ثم يتوقفون

يقول الرجل العجوز: وصلنا إلى بانتين

ويفتح أسلا عينيه وهناك، إلى الأمام، تقف أليدا تحمل سيجفالد الصغير على صدرها وتهدهده، نَمْ فحسب، حلق فحسب، عِش فحسب، كن سعيدًا فحسب وصادقًا فحسب، ولتكن أنت نفسك فحسب، واسكن فحسب هكذا تقول أليدا، وهي تهدهد سيجفالد الصغير، ثم تهدهد أسلا ويرى أسلا الفيورد متألقًا بلون شديد الزرقة، اليوم الفيورد متألق بالأزرق، والفيورد هادئ تمامًا، هكذا يفكر، وهناك، وراء أليدا يقف أوسجاوت من فيكا ويلوح إلى أسلا ويسأل عما إذا كان اسمه أسلا أم أولاف، وإذا كان من ديلجيا أم من فيكا، وليس هناك سوى أصوات صراخ وعويل ثم يرى الفتاة تقبل مهرولة وتذهب إلى أليدا وترفع ذراعها وحولها السوار أمام أليدا، ثم تنظر الفتاة نحو أسلا وترفع ذراعها

وحولها السوار في الهواء وتلوح له وإلى الوراء من الفتاة التي تلوح بذراعها وحولها السوار، يرى أسلا الجواهرجي مقبلًا، ببطء، ببطء، بكل حُلِيه، ويتوجه نحو أسلا وخلف الجواهرجي تقبل المرأة العجوز ووجهها الضاحك تحت شعرها الأشيب الطويل الكثيف وشعرها يقترب أكثر فأكثر وكل ما يمكن أن يراه هو شعرها الأشيب الطويل الكثيف كما يرى كثيرًا من الوجوه، وجوهًا كثيرة لامتناهية، ولكنه لا يعرف أيًّا منها، كيف أصبحت أليدا، وكيف أصبح سيجفالد الصغير، كانا هناك، رآهما، ولكن أين هما الآن، أين هما، هكذا يفكر أسلا، ثم يُوضع على رأسه كيس أسود ثم يُلف حول رقبته حبلٌ ويَسمع الصراخ والعويل ويشعر بالحبل حول رقبته ثم يسمع أليدا تقول هأنتذا، أنت ولدي الطيب، أفضل صبي في العالم، أنت هناك، وأنا هنا، لا تفكر ولا تجعل عينيك تطرفان، يا ولدي العزيز هكذا تقول أليدا، ويحلق أسلا وهو التحليق، ويحلق هناك على طول الفيورد الأزرق المتألق بالأزرق، وتقول أليدا نَمْ يا ولدي العزيز، حلق فحسب، عِش فحسب، اعزف فحسب، يا ولدي الطيب، ثم يحلق على طول الفيورد الأزرق المتألق بالأزرق ثم إلى السماء الزرقاء، وتأخذ أليدا بيد أسلا ثم ينهض ويقف هناك وهو يمسك بيد أليدا

تعب الليل

تسحب أليس البطانية الصوفية وتلتف بها، لأنها تشعر بالبرد قليلًا، هكذا تفكر، وتجلس هناك على مقعدها وتنظر إلى النافذة المغطاة بالكامل بستائر بيضاء خفيفة رقيقة، ولا يوجد بها سوى شق ضيق ينفذ منه الضوء، ترى من دون أن ترى بطريقة ما، ثم ترى شخصًا ما يمر أمام النافذة، من هو، هي لا ترى، ولكنْ هناك شخص ما قد مر، هذا ما يمكنها أن تراه، وهنا مسكنها، هكذا تفكر، في بيت صغير أقرب ما يكون إلى الطريق وفي بيت كهذا من المفترض أن تقضي حياتها، هكذا تفكر، وإذا لم تكن الستائر هناك، كان من الممكن للجميع أن يروها حيث كانت تجلس هكذا تفكر، لا يزال بإمكانهم أن يروها جالسة هناك الآن، ولكن ليس بوضوح، يمكنهم فقط أن يروا شخصًا ما يجلس هناك، هكذا تفكر، ولكن هل يهم إذا كان بإمكان أحد أن يراها تجلس هناك أم لا، لا، على الإطلاق، لا إنها لا تبالي مطلقًا، هكذا تفكر، لا يهم مطلقًا، هكذا تفكر، لا يهم، هكذا تفكر وتحاول أن تسحب البطانية الصوف وتقربها إلى جسدها، ثم تفكر أنكِ أليس، هكذا تفكر، نعم لقد هرمت يا أليس، هكذا تفكر،

والآن أنت تجلسين هناك على كرسيك وتحاولين أن تبقي دافئة، هكذا تفكر، ثم تفكر في أنها يجب أن تحاول أن تنهض وتضع المزيد من الخشب في الموقد وتقف على قدميها وتمشي نحو الموقد وتفتح باب الموقد وتضع المزيد من الخشب قبل أن تعود إلى مقعدها وتجلس وتفرد البطانية الصوف عليها وتغطي نفسها وتظل جالسة، تنظر أمامها إلى النافذة في غرفة معيشتها وكأنها تنظر نحو النافذة من دون أن ترى، ثم ترى أليدا، أمها، وهي تجلس هناك في غرفة معيشتها في فيكا تمامًا كما تجلس أليس الآن في غرفة المعيشة، والآن ترى أليدا تنهض، وتمشي ببطء، وتمشي ببطء، وبخطوات قصيرة، في الغرفة، ولكن إلى أين تذهب، إلى أين، هل ستخرج، هل ستذهب إلى الموقد هناك في الزاوية، ويقف أسلا ويمشي بخطوات قصيرة مشدودة في الغرفة ثم ترى أليس أن أليدا تفتح باب مطبخها وتفتح أليِس باب مطبخها وتدخل أليدا مطبخها وتدخل أليِس مطبخها

تقول أليِس: لقد هرمت أيضًا

تقول: السنوات مرت بسرعة كبيرة

تقول: ولم أرَ أليدا عجوزًا، ليس وهي حية، إلا أنني كثيرًا ما أراها الآن عجوزًا

تقول: هذا شيء غير مفهوم

تقول: الآن أصبحت عجوزًا

تقول: نعم عجوز

تقول: لا ينبغي أن أتكلم

تقول: وفي أغلب الأحيان أكون هنا وحدي ولكن أحيانًا يمر بي أحد الأولاد، أحد الأحفاد، ربما

تقول: ولكنني أجلس هنا في العموم، وأمشي خطوات قصيرة بشكل مطَّرد وأتحدث إلى نفسي، نعم

وترى أَلِيس أَليدا تجلس على الكرسي هناك إلى طاولة المطبخ، وتذهب أَلِيس وتجلس على الكرسي إلى طاولة المطبخ، مطبخها المريح، فالمطبخ هو المكان الأكثر راحة هنا، هكذا تفكر، وهي تفكر هكذا دائمًا، وهي تفكر هكذا كثيرًا جدًّا، دائمًا، دائمًا تفكر أن المطبخ هو المكان الأكثر راحة في البيت، هكذا تفكر أَلِيس، مطبخها ليس فسيحًا جدًّا، لكنه مريح، ودائمًا ما يكون مريحًا، هكذا تفكر، ولديها طاولة وكراسي وخزائن وموقد، رتبتها بطريقة أمها نفسها تمامًا، في أحد أركان مطبخها موقد أسود توقِد فيه النار، من أجل التدفئة والطهي، ولديها موقد يشبه كثيرًا الموقد الذي كان لدى أمها، ثم الطاولة في منتصف المكان، والدكة التي بجوار الجدار، ثم كانت هناك غرفة المعيشة وبها سرير بطابقين، إنها تتذكر هذا السرير جيدًا، هناك نامتا، هي وأختها الصغيرة، وكان ذلك منذ زمن بعيد، إنه شيء غير موجود، شيء لم يكن موجودًا قطُّ حتى لو كان موجودًا، وأخت صغيرة مستلقية هناك وشاحبة جدًّا وقد رحلت، ولن تنسى أبدًا وجهها الشاحب، وفمها المفتوح، وعينيها المُغمضتين نصف إغماضة، سترى ذلك دائمًا، لأن أختها الصغيرة مرضت وماتت وحدث كل شيء بسرعة، كانت حية وسعيدة ثم مرضت وماتت، والأخ الأكبر، سيجفالد، الأخ غير الشقيق، في

الحقيقة، رحل عندما كانت لا تزال فتاة صغيرة ولم يعد قَطُّ، ولم يعرف أحد ماذا حدث له، لكنه كان يعزف الكمان، نعم، ولم تسمع أحدًا يعزف الكمان مثلما كان يعزف أخوها غير الشقيق سيجفالد، نعم كان يمكنه العزف، وهذا فقط الشيء الوحيد الذي تتذكره عنه، ووالده أيضًا كان يعزف الكمان، وهو الشخص الذي كانوا يتحدثون عنه، وكان اسمه أسلا وشنقوه في بيورجفين في زمن كانوا يشنقون فيه الناس، أمعقول أنهم فعلوا ذلك، أمعقول أنهم كانوا كذلك، هكذا تفكر، وأمها التي تزوجت مرة أخرى من والدها، أوسلايك، نعم، نعم هكذا كان، هكذا كانوا يقولون ويحكون، ووالدها، الذي كان اسمه أوسلايك وينادونه «فيكين» لأنه كان يملك المكان هناك في فيكا، البيت الصغير، والحظيرة، وكوخ الصيد، والمرفأ، والقارب، كان يملك كل هذا، كل ما استطاع الحصول عليه، كان رجلًا مقدامًا، ثم جاءت أليدا لتعمل خادمة، وكان ابنها سيجفالد معها، ابنها من أسلا، عازف الكمان الذي مات شنقًا، هكذا كان، جاءت هناك بعد أن شُنق أسلا، على الأقل هذا ما قالوه، ولكن أمها نفسها لم تقل أي شيء عن الأمر قَطُّ، لم تكن تريد أن تقول أي شيء عن أسلا وعما جرى، هكذا تفكر أِليس، كانت تمرر تلميحًا بين الحين والآخر، إلا أنها لم تسأل ولكنها ألمحت فقط، وحينها كانت أمها تلتزم الصمت ثم تركتها ترحل، وهي لا تذكر أن أمها أتت على ذكر أسلا ولو لمرة واحدة، إلا أن أناسًا آخرين قد حكوا لها وأخبروها عنه، وقد فعلوا ذلك بقدر المستطاع، وبدا الأمر كما لو أن الجميع أرادوا إخبارها عن نوع الرجل الذي كانت تعيش معه أمها، أما ما كان صحيحًا

أو غير صحيح فيما قالوه فكان من الصعب بالطبع التمييز بينهما، لأنهم كانوا في ديلجيا يتحدثون ويحكون عن أسلا، ويقولون إنه كان عازف كمان، مثل أبيه، وإنه اغتصب أمها بوحشية فحملت منه على الرغم من أنها كانت مجرد طفلة صغيرة، وإنه أخذها معه بعد أن سلب أمها حياتها، هذا ما كان، أي جدتها، هذا ما قالوه، ولكن ما إذا كان هذا صحيحًا أم لا، فلا يمكن لأحد أن يعرف، ولا يمكن أن يكون الأمر كذلك، ربما كان شيئًا تخيله الناس وحكوا عنه، هكذا تفكر أَليس، هكذا قالوا، ثم قال النمّامون إنه خنق شخصًا في مثل سنه كي يسرق قاربه، وحدث هذا في كوخ الصيد حيث عاش والده، في ديلجيا، وبعد ذلك، وفي بيورجفين أيضًا، قيل إنه خنق أشخاصًا آخرين قبل أن يلقوا القبض عليه ويشنقوه، وهذا ما قالوه، لكن هذا لا يمكن أن يكون صحيحًا، فأمها أليدا لم تكن لتعيش مع رجل مثل هذا، رجل غير محترم على الإطلاق، لا يمكن أبدًا، هذا غير ممكن، كانت تعرف أمها أليدا جيدًا وإلى هذا الحد، فأمها أليدا لا يمكن أن تعيش مع شخص كهذا، وحش مثل هذا، مستحيل، هذا مستحيل، لا يمكن أن تعيش مع قاتل مثله، هكذا تفكر أَليس، وإذا كان هناك أناس مثل هؤلاء، أي قتلة من هذا القبيل، فإن الشيء الوحيد الصائب هو أن يُعلقوا على المشانق، هكذا قال الناس، ويجب أن تكون هناك مشانق في كل مكان، واحدة على الأقل في كل قرية، هكذا قالوا، ولم تعرف قَطُّ ما هو صحيح وما هو غير صحيح وما فعله أسلا، أو لم يفعله، لا لم تكن تعرف، لكن أن يكون قاتلًا فهذا غير ممكن، فهو أبو الأخ الكبير غير الشقيق سيجفالد، هكذا تفكر

أَلِيس، لا يمكن أن يكون قد قتل جدتها، لأنهم قالوا إنه عُثر عليها ميتة في سريرها في الصباح، وربما ماتت بالطريقة نفسها التي يموت بها كل الناس، كان يمكن أن تموت موتًا هادئًا وصامتًا، موتًا سلسًا عاديًا جدًّا، بالطبع، هذا ما كان يجب أن تكون عليه الحال، هكذا تفكر أَلِيس، وتفكر في أنها لا تستطيع الجلوس هنا فحسب، فدائمًا هناك شيء يجب عليها القيام به، شيء أو آخر، هكذا تفكر، وهي تنظر إلى النافذة هناك في المطبخ وترى أليدا واقفة هناك، في وسط الغرفة، أمام النافذة، إنها تقف هناك واضحة وضوح الشمس، وتشعر بأنها تستطيع وضع يدها على كتفها، وستحاول أن تفعل ذلك، هكذا تفكر أَلِيس، لا، لا يمكنها أن تفعل ذلك، ألا يمكنها أن تضع يدها على أمها التي ماتت منذ زمن، هكذا تفكر أَلِيس لا، لا تعتقد أنها أصبحت عجوزًا حمقاء، هكذا تفكر، لم يعد هناك صوت للعقل، فهي بالكاد تستطيع أن تتحدث معها، ولكن أليدا العجوز ما زالت تقف هناك، تلعنها، وتصب جام غضبها عليها، هكذا تفكر أَلِيس، وسوف تتجرأ وتقول لها، فقد فكرت كثيرًا في أن تسأل أمها إذا كان ما يقولونه صحيحًا أم لا، إنها خرجت إلى البحر، إنها لا تصدق، لكن هكذا يُقال، إنها فعلت ذلك، ثم عُثر عليها ملقاة على الشاطئ، هكذا يقولون، ولكن هل يمكن أن تجلس هنا وتتحدث إلى شخص مات منذ زمن، لا فالجنون لم يبلغ بها هذا المدى بغض النظر عن رأيهم فيها وما يقولونه عنها، فهي تعرف ماذا يقول أولادها عنها وتعرف رأيهم فيها، إنها تعرف ما يقولونه بعضهم لبعض عنها، وربما للآخرين أيضًا، إنها أصبحت عجوزًا جدًّا حتى إنها لم يعد

بوسعها العيش بمفردها، هذا ما يقولونه، لكن لا أحد منهم يريدها أن تعيش معه، على الأقل لم يبلغها أحد منهم أنه يرغب في ذلك، وهم مشغولون بما يكفي بشؤونهم الخاصة، لكن أليدا لا تزال واقفة هناك، هكذا تفكر، بالطبع هم مشغولون بشؤونهم الخاصة ولا ينقصهم أن تسبب لهم إزعاجًا ولماذا يجب أن تقف أمها أليدا هناك أمام نافذة، نافذة مطبخها، هكذا تفكر أليس، هل من المفترض أن تكون أمها في مطبخها هكذا تفكر أليس وعليها أن تذهب إلى غرفة المعيشة رأسًا، هكذا تفكر أليس، لأنها لا تستطيع البقاء في الغرفة نفسها التي تمكث فيها أمها التي ماتت منذ زمن، هكذا تفكر أليس، وترى أليدا تستدير وتنظر إليها مباشرة، وتعتقد أليس أنها الآن طفلتها الصغيرة، طفلتها الصغيرة الطيبة، عزيزتها، طفلتها الصغيرة العزيزة أصبحت عجوزًا أيضًا، لا بد أن السنين مرت بسرعة خاطفة أيضًا وبسرعة مخيفة للغاية، هكذا تفكر، أنجبت أليس أطفالها أيضًا، كانوا ستة، وكلهم كبروا ويعيشون حياة محترمة، كل واحد وكل واحدة منهم، الأولاد والبنات، لذلك كانت ابنتها أليس تتمتع بحياة كريمة، هكذا تفكر أليدا، وترى أليس الصغيرة وهي تتسلق سلم السرير ذي الطابقين الذي في غرفة المعيشة في فيكا ثم تتوقف عند أعلى درجة من السلم وتنظر إليها مباشرة وتقول نومًا هنيئًا يا أمي، وتقول أليدا نومًا هنيئًا يا حبيبتي الطيبة، فأنتِ أفضل فتاة في العالم كله، هكذا تقول أليدا، ثم تتسلق أليس السلم وتختفي في الظلام على السرير، تحت مفرش السرير، هناك في الزاوية. ومن ثم تقف أليدا هناك. ثم تخرج أليدا إلى غرفة المعيشة وتقف في صمت عند الباب، وإلى الأسفل

هناك بجوار القارب ترى أوسلايك يقف، لم يكن بالفضاضة ولا بالقوة اللتين تعرفه بهما ولكن شعره كثيف، ولحيته كبيرة، وما زالت لحيته سوداء، حتى لو كان كل من الشعر واللحية وخطهما بعض من الشيب هنا وهناك، مثل شعرها الأسود، هكذا تفكر أليدا، وهي تراه وهو يقف هناك، وينظر أوسلايك نحو قاربه، ربما يقف هناك يفكر في شيء ما، هكذا تفكر أليدا، كان أوسلايك طيبًا معها، هكذا تفكر، ما الذي كان سيحدث لها هي وسيجفالد الصغير إذا لم يلتقيا بأوسلايك، عندما كانا هناك على المرفأ في بيورجفين، كانا منهكين وبائسين، وكانت تجلس هناك مقابل الكوخ، وكانا جائعين ومتعبين إلى أقصى درجة، كانا يجلسان هناك، ولكن بعد ذلك كان أوسلايك هناك، فجأة كان يقف هناك، ووقف في الأعلى ونظر إليها في الأسفل

يقول أوسلايك: أهو أنتِ يا أليدا

ورفعت أليدا عينيها ونظرت إليه

يقول: ألا تتذكريني

حاولت أليدا أن تتذكر من يمكن أن يكون

يقول: أنا أوسلايك

يقول: أنا أوسلايك، الذي يعيش في فيكا

تقول: في فيكا بديلجيا

يقول: نعم

ثم ظل واقفًا من دون أن يقول أي شيء

يقول: نحن لم نلتقِ كثيرًا، فأنا أكبر منك بكثير، لكنني أتذكرك وأنتِ صبية

يقول: لما كنت أنا رجلًا بالغًا، كنتِ أنتِ صبية

يقول: ألا تتذكريني

تقول أليدا: نعم، نعم

بالطبع هي تتذكر أوسلايك، ولكنها لا تتذكر إلا أنه كان واحدًا من الرجال البالغين الذين يقفون معًا يتجاذبون أطراف الحديث، وتتذكر أنه كان يعيش في فيكا، هو وأمه، ولا تتذكر شيئًا آخر، هكذا تفكر، لأنه كان أكبر منها، ربما أكبر منها بخمس وعشرين سنة، أو شيء من هذا القبيل، وربما أكثر، لأنها كانت تعده من الكبار

يقول أوسلايك: لكن لماذا تجلسين هنا

تقول أليدا: على المرء أن يجلس في مكان ما

يقول أوسلايك: ألا يوجد لديك مكان تعيشين فيه

تقول: لا

يقول: أنتِ تعيشين في الشارع

تقول أليدا: نعم لا بد، ما دام ليس لديَّ بيت

يقول: أنتِ وطفلك

تقول: نعم، لا بد

يقول: إنك نحيفة للغاية، أليس لديك أي طعام أيضًا

تقول: لا

تقول: إنني لم آكل أي شيء اليوم

يقول: حسنًا قفي، هيا تعالي معي

ويضع أوسلايك يده تحت ذراعها ويساعدها لتقف على قدميها

ثم تقف أليدا وسيجفالد الصغير بين ذراعيها وتحت قدميها توجد

الحزمتان اللتان كانت تحملهما ويسأل أوسلايك عما إذا كانتا ملكًا لها فتقول نعم، فيرفعهما

يقول: هيا

ثم يمشيان على طول المرفأ في بيورجفين هو أوسلايك من فيكا وهي أليدا وعلى ذراعها سيجفالد الصغير يمشيان جنبًا إلى جنب على رصيف المرفأ في بيورجفين من دون أن يقول أي منهما شيئًا. ثم ينعطف أوسلايك إلى زقاق وتتبعه أليدا وترى ساقيه القصيرتين تخطوان خطوات واسعة، وترى طيات سترته السوداء ترفرف، وتراه يجذب غطاء الرأس الأسود ليسقطه على رقبته، ويحمل حُزمتيها بيديه ثم يتوقف أوسلايك وينظر إليها ويومئ برأسه مشيرًا نحو الزقاق ثم يبدأ في المشي في الزقاق وتتبعه أليدا وهي تحمل سيجفالد الصغير على صدرها وهو يغط في نوم آمن وهنيء ثم يفتح أوسلايك الباب ويبقيه مفتوحًا حتى تدخل أليدا وتنظر إلى الأسفل ثم إلى الأعلى وترى غرفة طويلة بها العديد من الطاولات ثم تشم رائحة لحم مُقدَّد ودهن مُحَمَّر والرائحة طيبة إلى درجة أن شعرت فجأة بأن ساقيها تخذلانها لكنها تضم سيجفالد الصغير إلى صدرها وتتمالك نفسها، نعم تتمالك نفسها، ثم تقف في ثبات هناك فهي لم تشم رائحة طعام طيبة مثل تلك من قبل، هكذا تفكر أليدا، ولماذا أتى بها أوسلايك هنا، كما لو كان لديها مال لشراء طعام، وليس لديها عملة معدنية واحدة، هكذا تفكر أليدا، وترى الناس يجلسون هناك يأكلون، ولم تشم مثل هذه الرائحة الطيبة من اللحم المُقدَّد والدهن المحمر والبازلاء من قبل، ولم تشعر أليدا، بالجوع إلى هذه الدرجة من قبل ولم ترغب

في تناول الطعام بهذه الصورة من قبل، قَطُّ، حسبما تتذكر، ولكن، أمعقول أنها لا تملك أي شيء لتشتري به الطعام، لا، لا شيء، لا تملك عملة معدنية واحدة، فيغشي عينيها الدمع وتبدأ في البكاء، وهي تقف هناك بشعرها الأسود الطويل، وتضم سيجفالد الصغير إلى صدرها

يقول أوسلايك: ولكن لماذا تبكين

وهي لا تجيب

يقول: بلا سبب

يقول أوسلايك: تعالي الآن ودعينا نجلس

ويرفع يده ويشير إلى دكة بجوار أقرب طاولة وتذهب أليدا هناك وتجلس وهي تشعر بأن المكان دافئ أيضًا في الداخل، لطيف ودافئ، وتفوح رائحة طيبة جدًّا من اللحم المُقدَّد والدهن المحمر والبازلاء، نعم يمكنها أن تشم البازلاء أيضًا، ليت لديها ما تنفقه، لكانت اشترت وأكلت وأكلت، هكذا تفكر أليدا، وترى أوسلايك يمشي إلى المنضدة وهي تنظر إلى ظهره، السترة السوداء الطويلة، وغطاء الرأس الأسود الذي سقط على رقبته، والآن تتذكر أنه من ديلجيا، إنها تتذكر عندما تفكر في ذلك، لكنها بالكاد تتذكره، إنه يكبرها بكثير، رجل كبير، لكنها تتذكره وهو يقف مع عدد قليل من الرجال وأيديهم في جيوبهم، وهذا ما تتذكره، وهو يقف هناك يتحدث مع بعض الرجال الآخرين، يرتدون جميعًا قبعات متطابقة وأيديهم في جيوب سراويلهم، كانوا جميعًا على هذا النحو، هكذا تفكر أليدا، وهي ترى أوسلايك يستدير ثم يتجه نحوها حاملًا طبقين مملوءين باللحم المُقدَّد والدهن المُحَمَّر والبازلاء والبطاطا واللفت الأصفر

وفطائر البطاطس، فعلًا هناك فطائر في الطبقين أيضًا، سيقول، تفكر أليدا، من كان يصدق أنها ستشهد يومًا كهذا، وترى أن كلًّا من فم أوسلايك وعينيه الزرقاوين الواسعتين يبتسم، بل هو كله ابتسامة كبيرة واحدة، الرجل كله، ويبدو الطبقان شهيين والبخار يتصاعد منهما ووجه أوسلايك يشع بهجة وهو يضع الطبق أمام أليدا ويضع سكينًا وشوكة أمام الطبق، ثم يقول إن الطعام سيكون طيب المذاق بالنسبة لهما، لديهما شيء طيب ليأكلاه، لأنه جائع جدًّا، وهي أيضًا تتضور جوعًا بشكل واضح، هكذا يقول أوسلايك، ويضع الطبق الآخر أمامه على الجانب الآخر من الطاولة ويضع السكين والشوكة بجانب الطبق وتضع أليدا سيجفالد الصغير على حجرها

يقول أوسلايك: نعم ستكون وجبة شهية من اللحم المُقدَّد والدهن المحمر

يقول: بالتأكيد

يقول: وفطائر البطاطس أيضًا

يقول: لقد مضى وقت طويل منذ أن ذقت طعامًا كهذا

يقول: أفضل طعام في العالم تجدينه هنا في ماتستوفا

يقول: ولكن لا بد أن نشرب شيئًا، إن الطعام وحده لا يكفي

وأليدا لا تستطيع الانتظار، على ما هي عليه من الجوع الآن، لا يمكنها الجلوس فقط وهي تنظر إلى هذا الطعام الشهي الموضوع أمامها فتقطع شريحة شهية من اللحم المُقدَّد وتضعها في فمها، يا له من مذاق، تشعر بأن عينيها على وشك الجحوظ، فإلى هذا الحد كان مذاقها شهيًّا، ثم لا بد أن تتذوق فطائر البطاطس أيضًا،

هكذا تفكر أليدا، وتقطع لنفسها شريحة كبيرة ثم تغمسها في الدهن وتأخذ بشوكتها قليلًا من اللحم المُقدَّد أيضًا وتضعها في فمها ويسيل قليل من الدهن إلى أسفل ذقنها ولكن هذا لا يهم، هكذا تفكر أليدا، وهي تأخذ شهيقًا وتخرج زفيرًا بعمق، فلم يسبق لها أن تذوقت شيئًا شهي المذاق مثل هذا، إنها على يقين من ذلك، هكذا تفكر أليدا، وهي تمضغ وتتذوق وهي تقطع لنفسها مرة أخرى شريحة كبيرة من اللحم المُقدَّد وتضعها في فمها بأصابعها وتمضغها ثم تأخذ شهيقًا وتخرج زفيرًا وهي ترى أوسلايك يأتي بقَدَح بيرة مُزبِدة ويضعه أمامها ثم يضع قَدَحًا بجانب طبقه، ويرفع القَدَح إلى الأعلى ويقول في صحتك وترفع أليدا قَدَحها، لكنه ثقيل جدًّا، وهي ضعيفة جدًّا إلى درجة أنها بالكاد تستطيع أن ترفعه، لكنها تمكنت من ذلك في النهاية، وترفع القَدَح نحو أوسلايك وتقول في صحتك ثم ترى أوسلايك يرفع القَدَح إلى فمه ويحتسي جرعة كبيرة فيتجمع زَبَد البيرة على لحيته وترفع أليدا قَدَحها إلى فمها وترشف البيرة، وللصدق، لم تكن البيرة تروق لها كثيرًا قطُّ، فهي ترى أن مذاقها ليس طيبًا، فهي عادة ما تكون حامضة ومرة، لكن هذه البيرة، لا بأس بها، إنها لطيفة وخفيفة، وسكرية، هكذا تفكر أليدا، وتتذوق البيرة مرة أخرى، وتفكر نعم، نعم هذه هي البيرة الحلوة، هكذا تفكر أليدا، وترى أوسلايك يجلس ويقطع لنفسه شريحة كبيرة من اللحم المُقدَّد ويضعها في فمه ثم يجلس هناك ويمضغ

يقول أوسلايك: رائع

يقول: إنهم يعرفون كيف يعدون طعامًا طيبًا في ماتستوفا

يقول: اللحم مدخن ومُمَلَّح جيدًا، نعم

يقول: ها، ما رأيك

تقول أليدا: أفضل شيء ذقته في حياتي

يقول أوسلايك: نعم، أوشكت أن أقول الشيء نفسه

يقول: وفطائر البطاطس شهية جدًّا أيضًا

تقول أليدا: نعم

تقول: نعم، هذا أشهى ما تذوقته في حياتي

وترى أوسلايك يقطع قطعة كبيرة من فطيرة البطاطس، ويضعها في فمه، ويمضغ، وبين المضغات يقول رائع، فطائر البطاطس رائعة. يعرفون كيف يصنعون الطعام في ماتستوفا، لا يمكنك عمل فطائر بطاطس أفضل منها، لا يمكنك شراء فطائر بطاطس أفضل منها في أي مكان، هكذا يقول، وتأخذ أليدا قضمة من اللفت الأصفر، لأن هناك لفتًا أصفر أيضًا، وتتذوق البازلاء أيضًا، وكل شيء مذاقه رائع، لم يسبق لها أن أكلت أي شيء بهذا المذاق الشهي، وإذا كان هناك شيء فهو أضلاع لحم الضأن المُقَدَّد التي كانت تتناولها عند الأم سيليا عشية عيد الميلاد، هكذا تفكر أليدا، ولكن لا، لا. حتى تلك لم يكن مذاقها بهذه الروعة، اللحم المُقَدَّد هذا، وفطائر البطاطس تلك، كل شيء، لا بد أنه أشهى شيء تذوقته في حياتها كلها، هكذا تفكر أليدا، ويقول أوسلايك نعم، كان مذاقه شهيًّا وهو يغمس قطعة من فطائر البطاطس في الدهن المَقْلِي ولحم الخنزير المُحَمَّر ويأكل ويمضغ فطائر البطاطس المغموسة في الدهن مع قطع اللحم المُحَمَّر

يقول: كنت أتضور جوعًا نعم

يقول: نعم كان هذا طعامًا بمعنى الكلمة

وتأكل أليدا وهي تتنهد وهي تشعر بأن الجوع الأسوأ قد ذهب عنها، والآن مذاق الطعام طيب، لكن ليس طيبًا مثل القضمات الأولى، بالطبع، لكن هل لديها نقود تدفعها، لا يصح أن تجلس هنا وتأكل أشهى طعام، أشهى طعام في بيور جفين إذا كانت لا تستطيع أن تدفع حسابها، كيف تفعل ذلك، هكذا تفكر أليدا تفكر، أوه، لا، لا ماذا فعلت، لكن الطعام شهي جدًّا، لا لا، تفكر هي، كيف تفعل ذلك، هكذا تفكر أليدا، لا يصح أن تأكل المزيد، ينبغي لها، والجوع الشديد قد ذهب عنها، فهي لم تأكل منذ بضعة أيام، بل شربت ماءً فقط، ثم أن تأكل طعامًا بمثل هذا المذاق، لا تستطيع أن تصدق ذلك، هكذا تفكر أليدا، والآن، الآن يجب أن تخرج من هنا بأي طريقة، هكذا تفكر، ولكن كيف يمكنها أن تدبر ذلك، هكذا تفكر أليدا، ويتطلع أوسلايك إليها، أليس مذاق الطعام طيبًا، هكذا يقول وهو ينظر إليها بعينين زرقاوين واسعتين ولا يبدو أنه يفهم بل يبدو حائرًا قليلًا

تقول أليدا: لا، لا

تقول: ولكن

يقول أوسلايك: لكن ماذا

وأليدا لا تقول أي شيء

يقول: ماذا هناك

تقول: أنا

يقول: نعم

تقول: ليس لديَّ نقود لأدفعها

يرفع أوسلايك ذراعيه حتى إن الدهون تطير من الشوكة والسكين
وينظر إلى أليدا بعينين زرقاوين واسعتين وسعيدتين
يقول: لكن أنا معي

ويضرب بقبضته على الطاولة حتى إن الأطباق تقفز إلى أعلى،
وتقفز الأقداح قفزة صغيرة هناك أيضًا على الطاولة وتتجه كل العيون
نحوهما، أنا معي، هكذا يقول أوسلايك وهو يبتسم ابتسامة عريضة
يقول: هذا الرجل لديه نقود في جيبه، نعم لديه
يقول: وكيف يمكنك أن تفكري هكذا وأنا من دعوتك
يقول: كيف سأبدو إذا لم أدعُ جائعًا يتضور جوعًا إلى الطعام
يقول: أي نوع من الرجال سأكون
يقول: أوه لا، أنا سأدفع
تقول أليدا: شكرًا، شكرًا جزيلًا لك، ولكن هذا كثير جدًّا
يقول أوسلايك هذا ليس كثيرًا، أوه لا، لقد باع الكثير من الأسماك
ولديه مال وفير في جيبه يمكّنهما من أكل اللحم المُقدَّد والدهن
المحمر وفطائر البطاطس والبازلاء المسلوقة واللفت الأصفر وكل
ما يحتاجانه لأيام وشهور في ماتستوفا إذا شاءا ذلك، هكذا يقول
أوسلايك، ويرفع قَدَحه إلى فمه ويشرب كثيرًا من البيرة ويمسح
فمه ويجفف لحيته ويتنفس بعمق شهيقًا وزفيرًا ثم ينظر إلى أليدا
ويسأل لماذا تدهورت أحوالها هكذا، وهي تقول هذا ما حدث
وهما يجلسان هناك في صمت مرة أخرى ويبدآن في تناول الطعام
مرة أخرى، ثم تأخذ أليدا رشفة من البيرة ويقول أوسلايك إن قاربه
على المرسى وهو سوف يبحر شمالًا غدًا، هكذا يقول سوف يبحر

إلى ديلجيا، هكذا يقول، فإذا رغبتْ أن تأتي معه، وتعود إلى البيت مرة أخرى، فيمكنها أن تفعل ذلك، وإذا لم يكن لديها مكان تبيت فيه الليلة، فيمكنها أن تنام على الدكة في كوخه، هكذا يقول أوسلايك، لأن هناك دكة يمكن أن تستلقي عليها، وبطانية تغطي بها نفسها، هكذا يقول وأليدا تنظر إليه ولا تعرف فيمَ تفكر أو ماذا تقول ولا تعرف أين ستبيت هذه الليلة في بيورجفين، ولا تعرف أين تذهب إذا سافرت إلى ديلجيا لا، هي لا تعرف، لأن الأب أوسلايك لن يكون هناك ولا تريد أن تذهب إلى أمها، فلن تطأ بروتات مرة أخرى، مهما ساءت الأحوال معها ومع سيجفالد الصغير، أبدًا، لا أبدًا، هكذا تفكر أليدا، وهي ترفع القَدَح وترشف البيرة نعم بعد هذا الطعام الشهي المُقَدَّد، لا بد للمرء أن يشرب كثيرًا، هكذا يقول أوسلايك وهو يفرغ قَدَحه ويقول إنه سيذهب لإحضار قَدَح آخر، ويمكنه إحضار واحد لها أيضًا، ولكن يبدو أن المتبقي لديها ما زال كثيرًا حتى إنها يمكن أن تنتظر، هكذا يقول

يقول: ولكن كما قلت، إذا أردتِ أن تبيتي في قاربي فلا مانع

ويجلسان هناك في صمت

يقول: ما حدث لأمك كان شيئًا حزينًا

تقول أليدا: أمي

يقول: نعم، نعم أن تموت فجأة

تجفل أليدا ولكن ليس بشكل ملحوظ، إلا أنها تجفل، فقد ماتت أمها وهي لم تكن تعرف، لا يهم، هكذا تفكر، إلا أن هذا شيء محزن، أيضًا، هكذا تفكر وتشعر أليدا بالحزن يعتريها وتملأ الدموع عينيها

يقول أوسلايك: نعم حضرت جنازتها

وتغطي أليدا عينيها بكفيها، وتفكر في أن أمها الآن ميتة، وذلك لا يحدث فارقًا معها، لكن لا يجوز أن تفكر بهذه الطريقة، لأن أمها ميتة، كانت أمها على أي حال، لا إنه شيء فظيع جدًّا، هكذا تفكر أليدا

يقول أوسلايك: ما خطبك

يقول: هل تفكرين في أمك

تقول أليدا: نعم

يقول: نعم، كان من المحزن أن ترحل عنا فجأة

يقول: فهي لم تكن طاعنة في السن إلى هذا الحد

يقول: ولم تكن مريضة أيضًا

يقول: هذا شيء غير مفهوم

ويجلسان هناك في صمت لفترة طويلة، وأليدا تفكر في أن أمها الآن وما دامت أمها ماتت يمكنها العودة إلى ديلجيا، وربما يمكنها العيش في بروتات أيضًا، بعد أن ماتت أمها، هكذا تفكر، فهي لا بد أن تجد مكانًا لتقيم فيه، هكذا تفكر عليها أن تجد مكانًا لنفسها ولسيجفالد الصغير، هكذا تفكر

يقول أوسلايك: حسنًا، فلتفكري في الأمر

يقول: نعم، إذا كنت تريدين أن تعودي إلى بيتك في ديلجيا

وترى أليدا أوسلايك ينهض وهناك شيء يشبه القفزة في خطوته وهو ينهض ويمشي عبر الأرضية نحو المنضدة، وتفكر أليدا أنها وسيجفالد الصغير لا بد أن يناما في مكان ما، لأنها متعبة جدًّا، متعبة

جدًّا، يمكنها أن تغفو على الفور، وهي تجلس على الكرسي، هكذا تفكر، والآن بعد أن رحلت أمها تستطيع العودة إلى البيت مرة أخرى، أليس كذلك، ولكن من المريع أن أمها ميتة، أمر محزن للغاية والآن هي متعبة جدًّا، متعبة جدًّا، هكذا تفكر أليدا، لأنها كانت تمشي وتمشي، هكذا فعلت، أولًا من منطقة ستراندا إلى بيورجفين ثم في كل شوارع بيورجفين، وظلت تمشي وتمشي وبالكاد نامت، وأخذت تمشي لفترة طويلة، لا تعرف كم من الوقت مر ولا متى نامت آخر مرة، لقد مشت ومشت وبحثت عن أسلا، هذا ما فعلته، إلا أنها لم تجد أسلا في أي مكان وكيف تدبر أمورها من دونه، هكذا تفكر أليدا، وربما سافر إلى ديلجيا، ولكن لا، لن يفعل ذلك، ليس من دونها، لأن أسلا ليس من هذا الطراز، إنها تعلم ذلك، هكذا تفكر أليدا، ولكن أين ذهب، كان ذاهبًا إلى بيورجفين فحسب، كان يقضي مشوارًا هناك، هكذا قال، ورأته يقف هناك عند الباب، وشعرت حينئذ بأنها لن تراه مرة أخرى، بل شعرت بكل ذرة في كيانها بأنها لن تراه ثانية ولذا طلبت منه ألا يسافر، بالفعل طلبت ذلك ولكنه قال إنه لا بد أن يذهب ولم يُجدِ كلامها على الرغم من أنها شعرت بكل ذرة في كيانها بأنها لن ترى أسلا مرة أخرى، لقد شعرت بذلك حقيقة، ربما مجرد شعور، هكذا فكرت مرارًا وتكرارًا، ولكن أسلا لم يعد، مرت الأيام، ومرت الليالي، ولم يعد أسلا ولم تستطع أن تجلس في البيت فحسب، من دون طعام، من دون أي شيء على الإطلاق، لذا فقد جمعت كل ما تملكه في حُزمتين ثم ذهبت إلى بيورجفين، وكانت التمشية طويلة جدًّا، وكان عبئًا ثقيلًا عليها أن تحمل كلًّا من الحزمتين

وسيجفالد الصغير، ولم يكن لديها أي شيء تأكله، وكانت تحضر الماء من الجدول أو النهر، ومشت ومشت ولما وصلت إلى بيورجفين أخذت تتجول في الشوارع باحثة عن أسلا وأحيانًا تسأل الناس ولكنهم كانوا ينظرون إليها ويهزون رؤوسهم وقالوا إن هناك كثيرًا من الرجال بالوصف نفسه في بيورجفين ومن ثم من المستحيل أن يعرفوا من الذي تتحدث عنه، هذا ما قالوه، وأخيرًا كانت أليدا متعبة إلى درجة أنها شعرت بأنها لم تعد قادرة على الوقوف على قدميها وتغفل عيناها مرة أخرى ثم مرة أخرى فتجلس وظهرها مستند إلى جدار كوخ على رصيف المرفأ في بيورجفين والآن هي تجلس هناك وقد تناولت أشهى طعام في العالم كله وهي متعبة جدًّا، متعبة جدًّا، هكذا تفكر أليدا، وهنا المكان دافئ ومريح، هكذا تفكر، وتغفل عيناها فترى أسلا واقفًا في مدخل بيتهما في ستراندا قائلًا إنه لن يغيب طويلًا، فهو لديه مشوار في بيورجفين، هكذا يقول، وبعد أن ينتهي منه سيعود إليها مباشرة، هكذا يقول أسلا، وهي تقول إنه لا ينبغي أن يرحل، لأنها تشعر بشيء، بأنها لن تراه مرة أخرى، هذا ما تشعر به، هكذا تقول أليدا، ويقول أسلا إن اليوم هو اليوم الموعود، واليوم هو موعد ذهابه إلى بيورجفين، لكنه سوف يعود إليها في أقرب وقت ممكن، هكذا يقول أسلا، ثم سمعت أوسلايك يقول إنه ملأ القَدَح حتى آخره مرة أخرى، وتفتح عينيها وترى أوسلايك يضع القَدَح على الطاولة ويجلس وهو ينظر مباشرة إلى أليدا ويقول نعم، كما قلت لكِ، إذا لم يكن لديها مكان آخر تذهب إليه، يمكنها أن تنام على متن قاربه، هكذا يقول، وأليدا تنظر إليه وتومئ، ثم يرفع قَدَحه

ويقول دعينا نشرب في صحة ذلك، هكذا يقول أوسلايك وأليدا ترفع قَدَحها وتقرع قدحه وتقول في صحتك ويشربان قليلًا ثم تجلس هناك في صمت، كلاهما قد أكل وشبع، وكلاهما متعب ويشعر بالدفء بعد كل هذا الطعام الشهي، وبعد البيرة، ويقول أوسلايك إنه يشعر بالنعاس قليلًا الآن، فهو لا يمانع أن يأخذ قيلولة بعد الظهيرة، هكذا يقول، والقارب، نعم لحسن الحظ إنه هنا على رصيف المرفأ، ولن يمشيا كثيرًا، لذلك ربما من الأفضل أن يصعدا على متن القارب ويستريحا قليلًا، يأخذان على الأقل قيلولة بعد الظهيرة، يقول أوسلايك، وتقول أليدا إنها متعبة جدًّا، وتريد بشدة أن تنام حتى إنها تغفو على الكرسي الذي تجلس عليه، هكذا تقول، ويقول أوسلايك إنه من الأفضل أن تنتهي من تناول الشراب ثم يمكنهما أن يذهبا ويأخذا قسطًا من الراحة، هكذا يقول، وتقول أليدا نعم، لا بد أن يفعلا، وتحتسي القليل من البيرة، وترى أن أوسلايك يفرغ قَدَحه ويحتسي جرعتين طويلتين، ثم تقول أليدا إنه يمكن أن يحتسي ما تبقى من البيرة التي في قدحها، إذا شاء، هكذا تقول، ثم يرفع أوسلايك قَدَحها أيضًا إلى فمه، ويحتسي ما تبقى من البيرة في جرعة واحدة طويلة ثم ينهض وتحمل أليدا سيجفالد الصغير على صدرها ثم يحمل أوسلايك الحزمتين ويبدآن في المشي نحو الباب وأليدا تتبعه وهي متعبة جدًّا حتى إنها بالكاد تستطيع الوقوف على قدميها، وتفكر في أنها تنظر إلى ظهر أوسلايك فحسب، وتغفل عيناها ثانية فترى أسلا جالسًا على كرسي في حفل زفاف وهو يعزف والموسيقى تحلق وتحلَق به وتحلق ثم تحلق هي ويحلقان معًا مع الموسيقى عبر الأثير

الرقيق وهما معًا مثل طائر وكل منهما جناح، وكطائر واحد يحلقان في السماء الزرقاء وكل شيء أزرق وخفيف وأزرق وأبيض وأليدا تفتح عينيها وترى ظهر أوسلايك هناك أمامها وترى غطاء الرأس الذي يسقط على رقبته ويمشي على طول رصيف المرفأ وتتوقف أليدا هناك، وأمام قدمها، تجد سوارًا آهٍ كم هو أصفر وأزرق وكم هو رائع الجمال، لم تَرَ مثل هذا السوار البديع من قبل، سوار من الذهب الأكثر اصفرارًا واللؤلؤ الأكثر زرقة، هكذا تفكر أليدا وهي تنحني وتلتقطه، أوه كم هو جميل، لم تَرَ أي شيء بهذا الجمال من قبل، يا له من اصفرار، ويا لها من زرقة، هكذا تفكر، ثم تندهش، تندهش لأنه مُلقى هناك على رصيف المرفأ، وأمام قدمها مباشرة، فترفع السوار، لماذا كان السوار مرميًّا هناك، هكذا تفكر، لا بد أنه سقط من أحد، هكذا تفكر، ولكن الآن، الآن الآن، الآن هو لها، الآن وإلى الأبد سيكون السوار الأصفر والأزرق سوارها، هكذا تفكر أليدا، وهي تمسك السوار بيدها الطليقة وتقول تخيَّل، هكذا تفكر، تخيَّل أن يفقد أحد مثل هذا السوار الرائع الجمال ولا يبالي كثيرًا بفقدانه، هكذا تفكر، ولكن الآن، الآن هو سوارها، ولن تفقده أبدًا، هكذا تفكر أليدا، لأنها تعرف ذلك الآن، الآن هي تعرف أنه هدية لها من أسلا، هكذا تفكر، ولكن كيف يمكن أن تفكر بهذه الطريقة، غير ممكن أن تجد سوارًا على رصيف المرفأ في بيورجفين وتعتقد أنه هدية من أسلا، ولكنه منه، السوار هدية لها من أسلا، هي الوحيدة التي تعرف ذلك، هكذا تفكر أليدا، وأبدًا، أبدًا، لن ترى أسلا مرة أخرى أبدًا، هكذا تفكر، وهذا أيضًا تعرفه، هكذا تفكر، لكنها لا تعرف كيف ولماذا يمكنها

أن تعرف مثل هذه الأشياء، ولكنها تعرف فحسب، هكذا تفكر أليدا، وترى أن أوسلايك قد سبقها قليلًا على رصيف المرفأ وترى أنه يتوقف وينظر إليها وهي ترتدي السوار الأصفر والأزرق، تخيَّل تخيَّل أنها تمتلك الآن سوارًا بهذا الجمال، أروع سوار في العالم، هكذا تفكر أليدا، وترى أن أوسلايك قد توقف ويشير، انظري هناك هكذا يقول هل ترين الرأس البحري هناك، إنه بانتين، هكذا يسمونه، هناك يشنقون الناس، هكذا يقول، ليس منذ فترة طويلة، قبل يومين فقط، شُنق هناك شخص من ديلجيا، هكذا يقول، وأظن أنكِ تعرفين ذلك، هكذا يقول، بالطبع أنتِ تعرفين، هكذا يقول أوسلايك، لأنه كان أسلا، كنتِ تعرفينه جيدًا، هكذا يقول، وأليدا لا تفهم ما يقول وما يقصده وما زال يشير، هناك، هناك في بانتين حيث شُنق أسلا، إنني رأيت ذلك بنفسي، كنت هناك وشاهدته عندما شُنق، بالطبع كنت هناك كما كنت في بيورجفين ذلك الحين، هكذا يقول أوسلايك، بالطبع، هكذا يقول، لكنك تعلمين ذلك جيدًا، لأنك كنت موجودة هناك بنفسك أيضًا، هكذا يقول، أليس هو أبا ابنك بالتأكيد هو، هكذا يقول، هذا ما يُقال على الأقل، لا بد أنه هو، أظن ذلك، هكذا يقول أوسلايك، إذا لم تغادري بيورجفين، فسوف تُشنقين أنتِ أيضًا، هكذا يقول، والآن دعينا نذهب إلى قاربي، هكذا يقول، قبل أن يأخذوكِ ويشنقوك أنت أيضًا، هكذا يقول أوسلايك، وأليدا تسمع ما يقول ولكنها لا تسمع فهي متعبة إلى درجة أنها لا تفهم أي شيء مما يقول ويقول أوسلايك إنه كان من المروع أن يرى رجلًا من مدينته يُشنق، ويظل متدليًا والحبل حول رقبته، ولكن إذا كان صحيحًا ما قالوه وأنه

قتل شخصًا، شخصًا واحدًا على الأقل، فإن شنقه كان هو التصرف الوحيد الصائب، هكذا يقول أوسلايك، وأمها، ماذا جرى لها، هكذا يقول، ماتت فجأة، وفي اليوم التالي، اختفت هي وأسلا، كيف حدث ذلك، وأيضًا الرجل الذي أراد أن يسترد كوخ صيد والده، وطلب من أسلا أن يُخلي الكوخ، لا بد أن الأمر كذلك، هذا ما قالوه على الأقل، لماذا عُثر عليه جثة هامدة في البحر، غرق، كيف حدث ذلك، هكذا يقول، ولكن لا أحد يعرف شيئًا مؤكدًا عما جرى، لكن الأمر كان مختلفًا مع القابلة العجوز في بيورجفين، فلم يكن هناك شك في قضيتها، لقد قُتلت، خُنقت، وكُتمت أنفاسها، لا شك في هذا، هكذا يُقال، وهكذا يقول أوسلايك، ومن يفعل ذلك لا يستحق إلا الشنق والموت أمام جماهير الناس، كما مات أسلا، هكذا يقول، تخيلي القيام بشيء من هذا القبيل، هكذا يقول أوسلايك، وتسمعه أليدا يتحدث ويتحدث ولا تفهم ما يقوله وترى أسلا يمشي أمامها على طول رصيف المرفأ حاملًا الحزمتين ثم يقول إن عليهما الخروج من بيورجفين، عليهما مواصلة المشي، وبعد ذلك سوف يجلسان ويرتاحان لفترة طويلة، ويتناولان طعامًا شهيًّا، لقد حصل على الكثير من الطعام الطيب، هكذا يقول، وهي تنظر إلى ظهر أوسلايك وهو يمشي على طول رصيف المرفأ وتقبض أليدا بيدها على السوار الأصفر والأزرق بإحكام، أروع سوار في العالم، وترى أن أسلا يتوقف وينظر نحوها وعندما تُقبل عليه يقول إن عليهما أن يسرعا الخطى حتى يخرجا من بيورجفين، حينئذ يمكنهما المشي ببطء، وسيكون لديهما كثير من الوقت، ثم يمكنهما أن يستريحا ويأكلا

ويعيشا حياة هادئة، هكذا يقول أسلا، ويمشي مرة أخرى، وترى أليدا أوسلايك يتوقف ويقول هناك حاويتي وهي في حالة جيدة، أوه نعم هي، هكذا يقول أوسلايك، وتشاهده أليدا وهو يصعد على متن القارب ويضع حُزمتيها على متنه ثم يقف أوسلايك هناك ويمد ذراعيه وتناوله سيجفالد الصغير بينما تقبض بيدها على السوار بإحكام، أروع سوار في العالم كله، سوار شديد الاصفرار وشديد الزرقة، وأوسلايك يحمل سيجفالد تحت ذراعه ويسمعان صرخة غاضبة وأليدا لا تتناول اليد التي بسطها إليها أوسلايك وتتخطى حاجز القارب بنفسها ثم تقف بأمان على متنه وسيجفالد الصغير يصرخ ويصرخ حتى يعود إلى أمه ويناوله أوسلايك لها وتضمه أليدا بشدة إلى صدرها، وتهدهده ويتوقف سيجفالد الصغير عن الصراخ ثم يتنَفَّس بانتظام مرةً أخرى وهو على صدرها

يقول أوسلايك: ها هو قاربي

يقول: أنا أصطاد، وآخذ السمك إلى بيورجفين

يقول: والآن لديَّ الكثير من المال

ويضرب على جيب سرواله وتغفل عينا أليدا وترى أسلا جالسًا هناك في مؤخرة القارب ويمسك بالمجداف وتلتقي عيونهما وتشعر بأن عينيها هما عيناه، وأن عينيه هما عيناها وعيونهما واسعة كالبحر، وواسعة كالسماء، وهي وهو والقارب مثل مسارات متوهجة في سماء ساطعة

يقول أوسلايك: لا، لا تنامي

وتفتح أليدا عينيها وتختفي المسارات التي تتحرك وتتوهج وتصبح

عدمًا وهذا كل شيء وتشعر بيد أوسلايك حول كتفيها ويقول إن أسلا ارتكب فعلة سيئة ولكن ذلك بالطبع ليس خطأها، ولم يكن بمقدورها عمل شيء حيال ذلك، هكذا يقول، وهو أيضًا يفهم ذلك، ولكن يمكن أن يكون هناك أناس تفكر وتؤمن بطريقة مغايرة، لذلك إذا بقيت هنا في بيورجفين، فقد يُشتبه في أن لها علاقة بالأمر، وهذا وارد جدًّا، هكذا يقول، لذلك فهو ينصحها بعدم البقاء هنا في بيورجفين، هكذا قال، لكنها آمنة الآن مؤقتًا في كابينة القارب، هكذا يقول أوسلايك، وهو يقودها على طول متن القارب ويقول إن البرميل موجود في الكشك وبابه خلف الكابينة، وبعدما يأكلان ويشربان ربما تريد أن تعرف مكان البرميل، هكذا يقول، هو نفسه سيذهب إلى البرميل نعم الآن، هكذا يقول، ويفتح باب الكابينة ويقول هنا بيتي الصغير فوق سطح البحر، وهو ليس سيئًا إذا قلت رأيي، هكذا يقول، ويدخل أوسلايك ويشعل قنديلًا، ومن خلال ظلام دامس استطاعت أليدا رؤية دكة وطاولة، ويقول أوسلايك ما ذلك الشيء المرعب الذي جرها إليه أسلا، هكذا يقول، إنه أمر لا يصدق، لكنه قد نال عقابه الآن، العقاب الذي يستحقه، هكذا يقول. والآن دفع حياته ثمنًا لفعلته، هكذا يقول أوسلايك وبالكاد ترى أليدا أن هناك دكة وطاولة صغيرة وموقدًا صغيرًا، وتجلس على الدكة وتضع عليها سيجفالد الصغير، الذي ينام الآن في أمان وسلام في مقابل الحاجز وتضغط على السوار الأصفر والأزرق بأصابعها، أروع سوار في العالم، هكذا تقول أليدا، وترى أوسلايك يضع الخشب في الموقد

يقول أوسلايك: من الأفضل أن ندفئ المكان

يضع نُشارة الخشب والخشب في الموقد ويشعل النار وتشتعل النار على الفور ويقول إنه سيذهب إلى البرميل ويخرج وتضع السوار أمامها كم هو رائع الجمال، هكذا تفكر، كم هو أصفر وكم هو أزرق وكم هو جميل، لا بد أنه صُنع من أنقى أنواع الذهب، ومن مثل هذه اللآلئ التي في زرقة السماء عندما كانت هي وأسلا السماء، ومثل البحر عندما كانت هي وأسلا البحر، والأحجار الصفراء جدًّا والرائعة جدًّا والزرقاء جدًّا، هكذا تفكر أليدا، والسوار هدية من أسلا، إنها متأكدة من ذلك، هكذا تفكر أليدا إنها تعرف ذلك فحسب، فهي تعرف تمامًا، هكذا تفكر، وتضع السوار حول معصمها حيث سيبقى دائمًا من الآن فصاعدًا وطوال حياتها، هكذا تفكر أليدا، وهي تنظر إلى السوار، كم هو رائع، رائع جدًّا، هكذا تفكر، والدموع تملأ عينيها وهي متعبة جدًّا متعبة جدًّا وتسمع أسلا يقول إنها الآن سوف تنام، الآن سوف تستريح لفترة طويلة، وهذا ما تحتاج إليه، هكذا يقول، والسوار، إنه منه، هكذا يقول، لا بد أن تعرف ذلك، على الرغم من أنه لم يعطِهِ لها، لأن ذلك مستحيل، لكن هذا السوار هدية منه لها، هكذا يقول، سافر إلى بيورجفين، لشراء خاتمين لهما، إلا أنه رأى هذا السوار الرائع، ولم يكن بوسعه أن يفعل شيئًا سوى أن يشتريه والآن حصلت عليه وعلى الرغم من أنها عثرت عليه فإنه منه، إنه هديته لها، هكذا يقول أسلا، وتجلس أليدا على السرير ثم تستلقي وهي ترتدي السوار وتسمع أسلا يسألها إذا كان قد أعجبها وتقول إنه رائع، وإنه أجمل سوار رأته في حياتها، لم تكن تتوقع أن هناك سوارًا بهذا الجمال في العالم كله، لذا فهي تشكره من صميم قلبها،

هكذا تقول، إنه طيب، ولدها الطيب، الآن، الآن هي على ما يرام،
هكذا يقول أسلا، وهي تقول إنها قد استلقت على السرير وستنام،
ولديها الآن مأوى، وهي تشعر بالدفء هنا أيضًا، لذا فإن كل شيء
على ما يرام معها ومع سيجفالد الصغير، هكذا تقول ولا داعي لأن
يقلق مطلقًا، فكل شيء على ما يرام، كل شيء على ما يرام قدر
الإمكان هكذا تقول أليدا، ثم يقول أسلا إنها يجب أن تنام جيدًا
وتقول أليدا إنها ستتحدث معه غدًا ثم تشعر بأنها تغرق في جسدها
المتعب ثم لا ترى شيئًا وكل شيء ناعم ومظلم ومُبلَّل قليلًا ويأتي
أوسلايك وهو ينظر إليها ثم يحضر بطانية ويغطيها ويضع المزيد من
الخشب في الموقد ثم يجلس عند طرف السرير ثم يستند إلى قاطع
السرير وينظر أمامه ويبتسم ثم ينهض ويطفئ فَتيلة القنديل ويهبط
الظلام ويضطجع على السرير وهو يرتدي كامل ملابسه، ثم يصبح
كل شيء صامتًا ولا صوت هناك سوى صوت البحر الذي يضرب
بخفة جانب القارب، هذا ما يمكن سماعه فقط، خضخضة الماء
وهزة القارب الخفيفة ثم طقطقة الخشب الذي كاد أن يحترق وتشعر
أليدا بذراع أسلا حولها وهو يهمس أنتِ حبيبتي، حبيبتي الوحيدة،
أنتِ إلى الأبد، هكذا يقول أسلا، وهو يضمها إليه ويمسح على
شعرها ثم تقول أنت حبيبي إلى الأبد، هكذا تقول أليدا، ثم تسمع
أنفاس سيجفالد الصغير المنتظمة، ثم تسمع أنفاس أسلا المنتظمة،
ويتسلل دفئه إليها، ثم تتنفس بشكل منتظم وكل شيء هادئ، ثم كانت
الحركات هادئة وهي وأسلا يتحركان الحركات الهادئة نفسها وكل
شيء صامت وأزرق ولا يصدقه عقل وتستيقظ أليدا وتنظر حولها، أين

هي، هكذا تفكر، وهي تتأرجح جيئة وذهابًا، ما هذا، أين هي، هكذا تفكر، إنها تجلس في سرير على متن قارب في البحر، هما كذلك بالفعل، وبالأمس جاءت على متنه مع أوسلايك، فقد كان لا بد أن تبحث عن مكان يؤويها هي وسيجفالد الصغير، وهنا نامت والآن استيقظت وسيجفالد الصغير ينام على الدكة وسارت إلى بيورجفين كي تبحث عن أسلا، لكنها لم تجده، ثم تجلس، وأين هي الآن، هكذا تفكر أليدا، إلى أين تذهب، هكذا تفكر أليدا وهي تنظر إلى السوار، إنه رائع الجمال، والآن، نعم الآن تتذكر، نعم إنها وجدت السوار هناك على رصيف المرفأ، وكم هو رائع الجمال، شديد الاصفرار شديد الزرقة، وكان هدية من أسلا، هكذا تفكر، إنه كان، ولكن لا يمكن أن يكون، لا بد أن يكون سوارًا فقده شخص ما، ولكنه جميل، والآن هو لها، ثم يقول أوسلايك إن أمها قد ماتت، وإن أسلا مات، وإنهم شنقوه، نعم، نعم هذه هي الحال، والآن هي على متن قارب أوسلايك وهما يبحران نحو ديلجيا، لأنها لا يمكنها البقاء هناك في بيورجفين، ليس لديها لا مأوى ولا نقود، وبعد ذلك قال أوسلايك إن بوسعها أن تعود معه إلى ديلجيا ولذلك قد يبحران هناك، هكذا تفكر أليدا، وبما أنها لم تجد أسلا في بيورجفين ربما يكون ذلك هو الأفضل، ينبغي أن تجد مأوى لها، ولسيجفالد الصغير، يجب أن يبقيا في مكان ما، لا يمكن أن يكونا في لا مكان، والآن بما أن أمها ماتت ربما يمكنها أن تعود إلى البيت وتبقى هناك، هكذا تفكر أليدا، لكنها صُدمت لما علمت أن أسلا مات، وأنه شُنق، وأنه شُنق هناك في بانتين، لا، لا أسلا على قيد الحياة، لا بد أن يكون على قيد الحياة، إنه حي،

بالطبع، أسلاحي، أي شيء آخر مستحيل، هكذا تفكر أليدا، وتَمَطَّت وهي ترى سيجفالد الصغير مستلقيًا هناك مستغرقًا في النوم في أمان وسلام ثم تفتح الباب وتخرج وتشعر بهواء منعش يلفح وجهها ويُطير شعرها وهناك رائحة البحر المالح الطيبة وتلتفت وهناك بجوار ذراع الدفة ترى من يُدعى أوسلايك يهتف طاب يومك، طاب يومك، لا أستطيع أن أقول صباح الخير لأن الوقت قد تأخر، هكذا يهتف أوسلايك، وترى أليدا البحر، وعرض البحر، وترى اليابسة، والتَّل والشعاب المرجانية، لا شيء ينمو عليها، إنها مجرد صخور عارية

يقول أوسلايك: نحن نبحر بسرعة، والرياح مواتية

يقول: ولدينا رياح خلفية مواتية على طول الطريق من بيورجفين

يقول: نحن نقترب من ديلجيا

وضربت عصفة ريح الشراع وأحدثت دويًّا

يقول: أتسمعين

يقول: فعلًا، الرياح مواتية

يقول: لم يتبقَّ سوى القليل لنصل إلى ديلجيا

تقول أليدا: نحن نقترب من ديلجيا

يقول أوسلايك: نعم

تقول: لكن ماذا سأفعل هناك

يقول: أنا فكرت

تقول: أنت فكرت

يقول أوسلايك: نعم أنتِ اخترتِ أن تأتي معي

تقول أليدا: نعم

يقول: نعم لقد فكرت أنه من الأفضل لكِ أن تأتي معي إلى ديلجيا،

فإلى أين ستذهبين أنت وطفلك في بيورجفين

وتصعد أليدا على متن القارب، وتتوقف بجوار أوسلايك وهي

تغالب دوار البحر

تقول: لا مكان لي في ديلجيا أيضًا

يقول: ولكن لديك أختك هناك

تقول أليدا: ولكني لا أريد أن أذهب إليها

يقول: بالطبع يمكنك

ثم يقفان هناك من دون أن يقول أي منهما شيئًا والريح تدفع الشراع

وشعرهما ومن حين لآخر يموج البحر فوق قوس القارب وعبر متنه

تقول أليدا: ليس هناك شيء أفعله في ديلجيا

يقول أوسلايك: لا لا

تقول: لا بد أن تنزلني على شاطئ مدينة أخرى

يقول: ولكن ماذا ستفعلين هناك

تقول: وماذا سأفعل في ديلجيا

ومرة أخرى يقفان هناك من دون أن يقول أي منهما شيئًا

يقول أوسلايك: نعم

ولا يقول أي شيء آخر ومثله أليدا

يقول أوسلايك: نعم، حسنًا أمي ماتت، وأحتاج إلى من يعتني

بيتي

وتظل أليدا واقفة هناك من دون أن تقول أي شيء

يقول: أنتِ لا تجيبين

تقول: أنا أبحث عن أسلا

يقول أوسلايك: ولكن، نعم، لقد أخبرتك بما حدث له

وأليدا تسمع ما يقوله ولا تسمعه، فلا بد أن يكون أسلا موجودًا وأي شيء آخر غير وارد

يقول أوسلايك: نعم أخبرتك بالأمس ماذا حدث له

ليس صحيحًا، هذا مجرد كلام يقوله فحسب، هكذا تفكر أليدا

يقول أوسلايك: هذا ما حدث له

يقول: إنني رأيت ذلك بنفسي

ويقفان هناك في صمت

يقول: رأيتهم يشنقونه ورأيته معلقًا هناك على المشنقة

وتفكر أليدا في أنها وأسلا ما زالا حبيبين، وأنهما بعضهما مع بعض، هو معها، وهي معه، هو فيها وهي فيه، هكذا تفكر أليدا، وهي تنظر إلى البحر، وفي السماء هناك ترى أسلا، ترى أن السماء هي أسلا، وهي تشعر بالريح، والريح هي أسلا، إنه هناك، هو الريح، حتى إذا لم يكن هناك. هو لا يزال هناك، ثم تسمع أسلا يقول إنه ما زال هناك، وتراه هناك، إذا نظرت إلى البحر سوف ترى أنه في السماء التي هناك فوق البحر، هكذا يقول أسلا، وأليدا بالطبع ترى أسلا، ولكنها لا تراه هو نفسه فقط، بل ترى نفسها هناك أيضًا في السماء ويقول أسلا إنه أيضًا موجود فيها وفي سيجفالد الصغير وتقول أليدا إنه نعم موجود، وسيظل دائمًا موجودًا فيهما، وأليدا تفكر أن أسلا حي فيها فقط وفي سيجفالد الصغير، وهي الآن أسلا في الحياة، هكذا تفكر أليدا، ثم تسمع صوت أسلا يقول أنا هناك، أنا معكِ، أنا دائمًا

معكِ لذا لا تخافي، سأتبعكِ، هكذا يقول أسلا، وتنظر أليدا إلى البحر وهناك، في السماء هناك، ترى وجهه الآن، مثل الشمس غير المرئية تراه، ثم تراه يرفع يده ويلوح لها ويقول أسلا إنها يجب ألا تخاف ويقول إن عليها أن تعتني بنفسها جيدًا وبسيجفالد الصغير، ولا بد أن تعتني بنفسها وبسيجفالد الصغير قدر استطاعتها، عندئذ، وقبل أن يمضي وقت طويل، سوف يلتقيان مرة أخرى، هكذا يقول أسلا، وتشعر أليدا بجسده بالقرب من جسدها، وتشعر بيده تمسح على شعرها فتمسح هي على شعره

يقول أوسلايك: نعم، ما رأيك

وتسأل أليدا أسلا عما يقصده فيقول إن من الأفضل أن تذهب معه وإلا فإلى أين ستذهب، هذا هو الأفضل لها ولسيجفالد الصغير

تقول أليدا: أعتني ببيتك

يقول أوسلايك: نعم

يقول: وبالطبع سيكون هناك طعام ومأوى لكِ وللطفل

تقول أليدا: نعم

يقول: وبالنسبة للأجر، نعم، سوف تتقاضين أكثر من البنات الخادمات الأخريات، أعدك بذلك

وأليدا تسمع أسلا يقول إن هذا هو الأفضل، وإنه سيكون معها، هكذا يقول، لا يجب أن تخافي، هكذا يقول ثم يقول أسلا إنهما سوف يتحدثان فيما بعد، وتقول أليدا نعم سوف يفعلان

يقول أوسلايك: ما رأيك إذن

وأليدا لا تجيب

يقول: أَنا أَعيش في فيكَا، كَما تَعلمينْ

يقول: لديَّ هناك بيت وكوخ صيد وحظيرة

يقول: إنه ميناء آمن وجيد، وبه مرساة

يقول: ولديَّ بعض الأغنام وبقرة

يقول: وأنا أعيش هناك وحدي الآن بعد أن ماتت أمي

يقول أوسلايك: ما رأيك إذن

يقول: وسوف تحصلين على لحم وسمك

يقول: وبطاطس

وتفكر أليدا فيما يمكنها أن تفعل خلاف ذلك فقد يكون أفضل
خيار أمامها أن تعمل خادمة في بيت أوسلايك

تقول أليدا: نعم، وماذا يمكنني أن أفعل خلاف ذلك

يقول أوسلايك: أنتِ تقولين نعم إذن

تقول: نعم

تقول أليدا: هذا هو الأفضل

يقول أوسلايك: أعتقد ذلك

يقول: نعم، أرى ذلك

تقول: لا أعرف ماذا بوسعي أن أفعل غير ذلك

يقول أوسلايك: لا بأس، لا بأس

يقول: أنا بحاجة إلى امرأة في البيت، وأنت تحتاجين إلى مأوى
وبيت تعيشين فيه أنت وطفلك

يقول: سنصل قريبًا

يقول: وفيكا، مكان جميل، ومكان يطيب العيش فيه

تقول أليدا إنها تريد أن تقضي حاجتها، ويقول أوسلايك إنه هناك، خلف الباب هناك، هكذا يقول، ويشير إلى البرميل، بجوار الكابينة هناك، هكذا يقول، وأليدا تفتح الباب وتدخل وتغلق الباب وتثبت الخُطَّاف وتظل جالسة هناك وشيء طيب أن تجلس هناك وتقضي حاجتها وشيء طيب على كل حال أنها لم تقضِ حاجتها في الخارج، هكذا تفكر أليدا، لم تعد تفهم الكثير مما يجري، هكذا تفكر، وقد تصبح خادمة في بيت أوسلايك مثلما كانت في أي مكان آخر، وهو ليس أسوأ من غيره، بل لعله الأفضل، هكذا تفكر، لأنها بالتأكيد لا تريد أن تعود إلى بيت أختها في بروتات، وكيف يتسنى لها حتى أن تفكر في شيء كهذا، لأنها فكرت فعليًّا أن تذهب إلى أختها وتسألها عما إذا كان يمكنها العيش معها أم لا، تخيَّل أن تفكر في العيش مع أختها، هل هذا معقول، ولكن من الأفضل لها بكثير أن تكون خادمة في بيت أوسلايك، إنها تفضل ذلك كثيرًا، هكذا تفكر، لذلك ربما يمكنها أن تكون خادمة في بيت أوسلايك، هكذا تفكر أليدا، فإلى أين تذهب الآن وقد ذهب أسلا، إلا أن أسلا ما زال معها، لا، إن هذا شيء غير مفهوم، تفكر أليدا، ثم تسمع أوسلايك يبدأ في الغناء، أنا في الحياة بحار، هكذا يغني، القارب هو عالمي، أبحر تحت النجوم، وأدنو من السماء، وهذه الفتاة هي حبي، والبحر هو حلمي، أبحر تحت النجوم ومع القمر شرنقتي، هكذا يغني، إلا أنه لا يملك صوتًا عريضًا ليغني به، هكذا تفكر أليدا، ولكن صوته يبدو سعيدًا ومبتهجًا، وشيء لطيف أن تسمعه يغني، تفكر أليدا، ماذا قال، شرنقة، القمر شرنقتي، هل هذا ما قاله، ما الذي يعنيه ذلك، هكذا تفكر أليدا،

قضت حاجتها لكنها بقيت جالسة على البرميل، ماذا تعني شرنقة، ماذا يمكن أن يكون ذلك، هكذا تفكر، ثم سمعت أوسلايك يهتف هل نمتِ هناك بالداخل، وتجيب لا، هكذا تقول، ثم يقول سعيد لسماع ذلك، ثم يسأل إذا كانت قد قررت أن تعمل خادمة لديه، نعم، وهي لا تجيب، ويقول إن عليها أن تحسم أمرها في القريب العاجل، لأنه الآن يستطيع أن يرى منطقة ستورافاردين هناك على اليابسة، هكذا يقول، لذا سرعان ما سيصلان إلى فيكا، هكذا يقول، وتنهض أليدا، ثم تقف هناك وتسمع أسلا يقول إن أفضل شيء تفعله أن تكون خادمة في بيت أوسلايك وتقول أليدا هذا حقيقي فإلى أين ستذهب، هكذا تقول، ويقول أسلا إنه سيتعين عليهما التحدث فيما بعد، ستعود إلى البيت مع أوسلايك، هكذا تقول، هذا أفضل، هذا ما يجب أن يكون ثم ترفع الخطاف من على الباب وتخرج إلى الرياح المنعشة ثم تغلق الباب خلفها وتثبت الخطاف من الخارج وتظل تقف هناك ثم تغالب الترنح وتثبت نفسها ويهفهف شعرها الأسود الطويل في الريح وينظر أوسلايك إليها مباشرة ويسأل ماذا ستفعل

تقول أليدا: نعم

يقول أوسلايك: ماذا تقصدين

تقول: نعم، سأعمل خادمة لديك

يقول: ستصبحين خادمتي

تقول أليدا: نعم

يقول أوسلايك وهو يرفع يده ويشير: انظري، انظري هناك، هناك ستورافاردين، هناك عند الرأس البحري

وترى أليدا فنارًا عريضًا وعاليًا، أحجارًا فوق أحجار، على تَل فوق نتوء طويل ويقول أوسلايك نعم، رؤية ستورافاردين تملأه بالبهجة دومًا لأن ذلك يعني أنه أوشك أن يكون في بيته، هكذا يقول، الآن سوف يبحران حول الرأس البحري ثم إلى الداخل بمحاذاة الساحل قليلًا، وبعد ذلك سيصلان إلى فيكا، هكذا يقول، وعندما يقطعان شوطًا أبعد قليلًا إلى الداخل، سترى البيت الذي ستعيش فيه الآن، هكذا يقول أوسلايك، وإنها سوف ترى كوخ الصيد ورصيف المرفأ، وسترى التلال والحقول وكل ما هو جميل، هكذا يقول، وبما أنهما على متن القارب الآن، فسيكون شيئًا طيبًا إذا أمكنها أن تساعد قليلًا وتمسك بدفة القارب بينما يُخفض هو الأشرعة، حتى يتمكنا من إرساء القارب بأفضل طريقة ممكنة، وتقول أليدا إنها لا تمانع في المحاولة، ولكن لم يسبق لها قَطُّ أن قادت قاربًا، ويقول أوسلايك إنه لا بد أن تأتي وسوف يريها الطريقة وتقف أليدا بجوار أوسلايك ويقول إنها يجب أن تمسك ذراع الدفة، ثم تقف أليدا وتمسك بذراع الدفة ويمكنها أن تحاول تغيير الاتجاه قليلًا نحو الميناء وتنظر إليه ويقول إن الميناء على اليسار وتدير أليدا ذراع الدفة قليلًا ويقول أوسلايك إنه إذا كانت تريد أن تحرك القارب فعليها أن تدير الدفة بقوة أكبر وتفعل أليدا ذلك ثم ينزلق القارب قليلًا إلى البحر ويقول أوسلايك إنه يمكنها الآن أن تحول ذراع الدفة إلى المَيْمَنة، هكذا يقول، وتقوم أليدا بذلك ثم ينجرف القارب أكثر نحو اليابسة مرة أخرى ويقول أوسلايك إن عليها الآن أن تحول اتجاه الدفة وتسأل أليدا ما الذي يعنيه بذلك، ويقول أوسلايك إنها الآن تبحر إلى الأمام

مباشرةً وتستطيع أن تقطع نحو عشرة أمتار خارج الرأس البحري حيث تقع ستورافاردين، وتفهم أليدا أنها سوف توجه القارب نحو ذلك المكان وتحول ذراع الدفة إلى الخلف قليلًا ومن ثم ينجرف القارب بانتظام إلى الأمام ويقول أوسلايك إن الأمر سار على أفضل ما يكون وعندما يصل إلى الرأس البحري ينبغي أن تملك الزمام، هكذا يقول، ثم يخفض الأشرعة، ثم يجب عليها أن تفعل بالضبط ما يقوله لها، هكذا يقول، إذا قال قليلًا نحو الميناء، فعليها أن تحول الدفة قليلًا، ليس كثيرًا، وإذا قال بقوة نحو الميناء، فيجب عليها أن تدير الدفة بقوة أكبر، هكذا يقول وتقول أليدا إنها ستفعل ذلك، ستنفذ ما يقول بالضبط وبقدر ما تستطيع، هكذا تقول، ويأتي أوسلايك ويتسلم الدفة فيرى سوارها

يقول: يا له من سوار جميل

يقول: معقول أن يكون لديك سوار بهذا الجمال

وتنظر أليدا إلى السوار، لقد نسيت السوار تمامًا، ولكن كيف أمكنها ذلك، هكذا تفكر، كم هو رائع الجمال، إنها لم ترَ أي شيء بمثل هذا الجمال من قبل، إنها تفكر نعم، هكذا تقول أليدا وهما يقفان هناك من دون أن يقول أي منهما شيئًا

يقول: شيء غريب

تقول أليدا: ماذا

يقول: بالأمس، قبل أن أراكِ جالسة هناك، نعم، سألتني امرأة إذا كنت قد رأيت سوارًا

يقول: نعم، في بيورجفين يلتقي المرء بأناس من كل الأشكال

تقول أليدا: نعم

يقول أوسلايك: نعم، كما تعلمين، كانت من ذاك النوع

يقول: كان ذلك قبل أن ألتقي بك، أبعد قليلًا من رصيف المرفأ

يقول: نعم يمكنكِ تخيل ما تريده

يقول: لكن أنا، نعم أنا

يقول: نعم، أنت تفهمين

تقول: نعم

يقول: لقد ظننت أنها سألتني عما إذا كنت قد رأيت سوارًا لمجرد
أن تبدأ الحديث معي، أنتِ تفهمين بالطبع نعم، ثم قالت لي
إنها فقدت سوارًا رائع الجمال من الذهب الأكثر اصفرارًا
واللؤلؤ الأكثر زرقة

يقول: ثم سألت إذا كنت قد رأيته

يقول: لا بد أنه سوار يشبه الذي ترتدينه

تقول أليدا: نعم

يقول: نعم لا بد

وتفكر أليدا أنه لا، لا يمكن أن يكون هذا السوار، لأن أسلا قد
أعطاها هذا السوار، فليقل أوسلايك ما يشاء، ولكن هذا سوار أعطاه
لها أسلا من قبل لأن أسلا أخبرها بذلك، هكذا تفكر أليدا، وتسمع
أسلا يخبرها أن هذا السوار هو هديتي لكِ، ويقول أسلا إن الفتاة
التي يتحدث عنها أوسلايك سرقته منه، هكذا يقول أسلا، ثم فقدته،
وبعدها وجدته أليدا، هذا ما حدث، لا بد أن هذا هو ما حدث، وهو
ما كان يريده أن يحدث، هكذا يقول أسلا، وتقول أليدا إنها تعرف

أن الأمر كان كذلك، والآن ها هو السوار حول معصمها، وسوف
تعتني به جيدًا، هكذا تقول، فهي لن تفقد سوارها، هكذا تقول، أبدًا
ولا يمكنها أبدًا أن تشكره على مثل هذا السوار الرائع الجمال بالقدر
الذي يستحقه، هكذا تقول أليدا

يقول أوسلايك: انظري هناك، يمكنك رؤية فيكا

وترى أليدا رصيف المرفأ وكوخ صيد، وكوخًا صغيرًا وحظيرة
صغيرة، والجزء العلوي من المبنى هو الكوخ الصغير، والحظيرة
تقع إلى الأسفل قليلًا وإلى الجانب قليلًا

يقول أوسلايك: نعم، هذه فيكا

يقول: هذه هي مملكتي

يقول: أليس المكان جميلًا هنا

يقول: أظن أنه ألطف مكان على وجه الأرض

يقول: كلما رأيت البيوت تغمرني الفرحة

يقول: نعم، فأخيرًا عدت إلى بيتي مرة أخرى

يقول: إنه ليس كبيرًا ولا فخمًا، لكنه بيت

يقول: هنا في فيكا، وُلدت وترعرعت، وهنا سأموت

يقول: كان جدي أول من وطأ هذا المكان

يقول: ومهد الأرض وبَنى عليها

يقول: جاء من إحدى الجزر التي تقع إلى الغرب من البحر

يقول: ثم تمكن من شراء قطعة الأرض تلك

يقول: وظل يعيش هنا

يقول: وكان اسمه أوسلايك، تمامًا مثل اسمي

يقول: وتزوج فتاة من ديلجيا

يقول: وأنجبا كثيرًا من الأطفال، وكان والدي أكبرهم

يقول أوسلايك: وهو تزوج أيضًا فتاة من ديلجيا، ووُلدت أنا، ثم شقيقاتي الثلاث، وكلهن متزوجات الآن، واستقرت كل منهن في جزيرة مختلفة إلى الغرب من البحر

وهو يقول إنه عاش مع أمه بمفردهما في فيكا لسنوات طويلة حتى توفيت أمه في الشتاء الماضي، فوجد نفسه وحيدًا وحينها فقط أدرك قدر ما كانت أمه تفعله، كم كان صعبًا عليه أن يدبر شؤونه من دونها، من دون كل ما كانت تبذله من جهد، هكذا يقول، لا يعرف المرء قدر الشخص إلا بعد أن يرحل، هكذا يقول، نعم، لقد كانت أمه طيبة معه طوال عمرها، هكذا يقول، لكنها تقدمت في السن، ثم ضعفت، ثم ماتت في النهاية، هكذا يقول

يقول: نعم، نعم

يقول: نعم

ويقفان هناك من دون أن يقول أي منهما شيئًا

يقول: كنت في حاجة إلى المساعدة

يقول: نعم، فعلًا

يقول إنه يريد أن يشكر أليدا لأنها قبلت أن تكون خادمة عنده، إنه يريد أن يشكرها بصدق على ذلك، هكذا يقول، ولكن الآن، عليها أن تمسك بدفة القارب، لأنه الآن سوف يخفض الأشرعة فتمسك أليدا بالدفة، ثم ترى أوسلايك يحرر حبلًا بسرعة كبيرة ثم يحرر الثاني ثم يسحب الحبل ويرفرف الشراع

ثم يهتف: نحو الميناء قليلًا

وبعد ذلك ينتقل إلى الجانب الآخر من القارب وهو يسحب الحبل ويرفرف الشراع أكثر ثم يهبط إلى أسفل ويستلقي جزء من الشراع الآن على متن القارب

ثم يهتف أوسلايك: نحو الميناء أكثر قليلًا

ثم يظل الشراع يتدلى إلى الأسفل من جانب، ثم يذهب إلى الجانب الآخر، ويسحب الحبال والرايات، ويسب ويقول اللعنة، الآن يتدلى الشراع، ويشد ويشد ويسب ويصرخ ثم يتهدل الشراع كله على متن القارب

يهتف: أبعد قليلًا نحو الميناء، نحو رصيف المرفأ، انظري أين هو

ثم يتقدم من الشراع الآخر، ويخفف العقد ويشد ويقفز من جانب إلى آخر وينزل الشراع والآن لم يتبقَّ شيء من الشراع

يهتف: اتجهي قليلًا نحو الميناء

يهتف: أكثر من ذلك بقليل

وتشعر أليدا بأن صوته محمل بالغضب، ثم يهرول على سطح القارب

يهتف: اتجهي في مسار مستقيم، اللعنة

ويمسك بالدفة ويوجهها في مسار مستقيم

يهتف: اللعنة، اضبطي اتجاهك

ويركض أوسلايك عبر متن القارب مرة أخرى، ويخفض الأشرعة بالكامل

يهتف: اقتربي قليلًا نحو الميناء، ليس كثيرًا، بل قليلًا

يهتف: القارب يتجه نحو رصيف المرفأ قليلًا إلى الميمنة

وينزلق القارب على طول الرصيف

يهتف: اضبطي الاتجاه

وبالكاد يدخل القارب على طول المرفأ، ويقف أوسلايك على قوس القارب ومعه حبل ويرمي حلقة الحبل حول عمود ربط الحبال على رصيف المرفأ ويعقد الحبل ويثبت القارب ثم يأخذ حبلًا آخر حتى لو كان بعيدًا عن القارب وحافة الرصيف، ويصعد على حافة القارب، وفي وثبة واحدة يكون على رصيف المرفأ ويثبت الحبل حول عمود آخر ثم يشد القارب إلى رصيف المرفأ وبعد ذلك يعود أوسلايك على متن القارب

يقول: كنتِ ماهرة، كنتِ فتاة بارعة، لقد سار الأمر على أحسن ما يكون

يقول: كانت الريح كما ينبغي، وأحسنتِ

يقول: لا إنه لم يكن بمقدوري أن أدبر الأمر بمفردي

وتسأل أليدا: كيف كان سيصل بالقارب إلى البر

يقول: إلى البر، إلى البر

يقول: كنت سأضطر إلى جره

يقول: كنت سأقوم بالتجديف لأصل بالقارب إلى رصيف المرفأ

تقول أليدا: كيف

يقول أوسلايك: سأسحبه بالقارب الصغيرِ، وكنت سأقوم بالتجديف إلى الداخل بالقارب الصغيرِ

ويمكنها سماع سيجفالد الصغير يبكي بكاءً شديدًا، ولعله كان

يبكي منذ وقت طويل، ولكنها لم تسمعه يبكي، فلعل أصوات الأشرعة والحبال كما يسمونهما وأيضًا هتافات أوسلايك جعلتها لا تسمع بكاءه، هكذا تفكر أليدا، وتدخل الكابينة وهناك يرقد سيجفالد الصغير في السرير، يرقد هناك يصرخ ويهز رأسه يمنة ويسرة

تقول أليدا: أنا هنا الآن، لا تبكِ

تقول: يا ولدي الطيب

تقول: ولدي الطيب

وترفع سيجفالد الصغير وتضمه إلى صدرها وتقول هل تسمعني يا أسلا، هل يمكنك أن تسمعني يا أسلا، هكذا تقول ثم تسمع أسلا يقول إنه يستطيع سماعها، فهو دائمًا معها، هكذا يقول، وتجلس أليدا وتخرج أحد ثدييها، وتلقم سيجفالد الصغير ثديها فيرضع ويرضع وأليدا تسمع أسلا يقول إنه كان جائعًا جدًّا، هكذا يقول، الآن سيجفالد الصغير بخير، هكذا يقول، وتقول أليدا، نعم وهي الآن بخير أيضًا، كان لا بد أن يكون هنا، هكذا تقول، إنه هناك، فهو دائمًا هناك ودائمًا معها، وسيظل دائمًا معها، هكذا يقول، وأليدا ترى أوسلايك يقف عند الباب

يقول: بالطبع لا بد أن يأكل، بالطبع

تقول أليدا: لا بد

يقول: هذا مفهوم بالطبع

يقول: سأبدأ في نقل الأغراض إلى البيت

يقول: لقد اشتريت أشياء كثيرة من بيورجفين

يقول: ملح وسكر وبقسماط

يقول: وبُن، وأشياء أخرى لا أريد أن أذكرها
وتسمع أليدا أسلا يقول ما دام جرى له ما جرى، فمن الأفضل أن
تصبح الآن خادمة في فيكا، لأن ذلك سيجعلها تحصل هي وسيجفالد
الصغير على الطعام والمأوى على حد سواء، هكذا يقول، وتقول
أليدا، إذا كان هذا رأيه، نعم، فسوف تفعل، هكذا تقول، ويتوقف
سيجفالد الصغير عن الرضاعة ويرقد هناك فحسب ثم تنهض أليدا
وتخرج إلى متن القارب وترى أوسلايك يمشي فوق التَّل شديد
الانحدار نحو البيت حاملًا صندوقًا على كل كتف، وترى أن هناك
العديد من الصناديق على متن القارب، وبعض الزكائب، وتفكر أنها
ستعيش الآن هنا في فيكا بديلجيا، وستبقى هي وسيجفالد الصغير
هنا، وإلى متى، لا يمكن لأحد أن يقول، ربما ستبقى في فيكا بقية
حياتها، هكذا تفكر، ثم تفكر أن فيكا ستكون المكان الذي ستقضي
فيه بقية حياتها. وهذا شيء طيب بما يكفي، وهنا يمكن أن يعيش
المرء حياته أيضًا، هكذا تفكر، يمكنكِ أن تعيشي حياتك. وتعبر أليدا
السور وتنزل إلى رصيف المرفأ وترى أن هناك طريقًا متجهًا نحو
البيت وترى أوسلايك يفتح الباب الذي في منتصف البيت ويدخل
وتبدأ أليدا في المشي على الطريق ويخرج أوسلايك ويقول كم هو
شعور جميل أن يعود المرء إلى بيته، وكم هو شعور جميل أن يرى
غرفة معيشته مرة أخرى، حتى لو كانت صغيرة، هكذا يقول، ثم يقبل
وهو يسير في الممشى ويقول هناك أشياء كثيرة لا بد أن تُنقل إلى
البيت، لأنه معتاد كلما ذهب إلى بيورجفين أن يشتري مؤنًا تكفيه
لفترة طويلة، هكذا يقول، وتمشي أليدا إلى البيت وتدخل وترى موقدًا

في الزاوية، وطاولة مع بعض الكَراسي، ودكة تستند إلى الحائط، ثم هناك غرفة علوية وهناك سلم خشبي للصعود إليها، وبعد ذلك ترى بابًا ربما يؤدي إلى المطبخ، هكذا تفكر أليدا، وتذهب وتضع سيجفالد الصغير على الدكة وهو الآن يغط في نوم عميق، وتمشي إلى إحدى النوافذ، وترى أوسلايك مقبلًا في الطريق يحمل زكيبة على كتفه وتسأل أسلا إذا كان لديه أي شيء يقوله وهو يقول إن كل شيء على ما يرام وكما ينبغي، وتشعر أليدا بأنها متعبة جدًّا، متعبة جدًّا، وهي تمشي إلى الدكة وترى سيجفالد الصغير ممددًا هناك بجوار الحائط وهي متعبة جدًّا، متعبة جدًّا، متعبة أشَد ما يكون التعب، ولماذا هي متعبة جدًّا الآن، ربما بسبب كل ما جرى، هكذا تفكر، المشي إلى بيورجفين، والتجوال في شوارع بيورجفين، الإبحار إلى هنا، كل شيء، كل شيء، هكذا تفكر، وأسلا بعيد ولكنه ما زال قريبًا، كل ذلك، كل شيء، هكذا تفكر أليدا، وهي تستلقي على الدكة وتغلق عينيها وهي متعبة جدًّا، متعبة جدًّا، ثم ترى أسلا هناك على الطريق أمامها، وهي متعبة جدًّا، متعبة جدًّا، وتكاد أن تغفو، وترى أسلا يقف أمامها وهي متعبة، متعبة جدًّا، وهي على وشك أن تغفو هناك وقد ظلا يمشيان لفترة طويلة، منذ آخر مرة شاهدا فيها بيتًا، والآن يتوقف أسلا

يقول: هناك بيت، سنذهب هناك

يقول: لا بد أن نحصل على قسط من الراحة الآن

تقول أليدا: نعم، نعم أنا متعبة جدًّا وجائعة جدًّا

يقول: يمكنك الانتظار هنا

ويضع أسلا الحزمتين ثم يمشي إلى البيت وتراه أليدا يقف هناك أمام الباب، ويدق، ثم ينتظر، ثم يدق من جديد

تقول أليدا: لا أحد يجيب

يقول أسلا: يبدو أن لا أحد في البيت

ويشد الباب فيجده موصدًا، وترى أليدا أن أسلا يجري ويخبط الباب بكتفه ويحطمه فيحدث صَريرًا ثم يُفتح الباب قليلًا وترى أليدا أسلا يتسلق شجرة ويخرج سكينًا ثم يقطع فرعًا ويذهب ويُدخل الفرع في فتحة الباب ويضغط الباب ويفتحه أكثر قليلًا ثم يجري مرة أخرى ويخبط الباب فيُفتح الباب فيسقط أسلا في الداخل وبعدها تراه أليدا يقف عند الباب

يقول: من الأفضل أن تأتي الآن

وأليدا متعبة جدًّا، متعبة جدًّا، وتفكر في أنها لا يمكنها أن تستولي على البيت بهذه الطريقة ثم ترى أسلا وهو يدخل البيت وهي تقف هناك ثم ترى أسلا يخرج ثانية

يقول: لا أحد يعيش هنا وما من أحد جاء هنا منذ فترة طويلة

يقول: يمكننا أن نبقى هنا

يقول: هيا تعالي

وتبدأ أليدا في المشي نحو البيت

يقول أسلا: الآن نحن محظوظان

وتستيقظ أليدا وتفتح عينيها، وترى أن الدنيا تكاد تكون ظلامًا الآن في غرفة المعيشة حيث ترقد وترى أوسلايك يقف في منتصف الغرفة وكأنه ظل مظلم وترى أنه يخلع ملابسه وتغمض عينيها وهي

تسمع أوسلايك يمشي في الغرفة ويغطيها ببطانية ثم يرقد في السرير تحت البطانية ويضع ذراعيه حولها ويضمها نحوه وتفكر أليدا أن هذا لا بد أن يحدث، نعم بالطبع، هكذا تفكر، ثم تفكر أن أسلا هو الذي يضمها، وهي لا تريد أن تفكر في الأمر أكثر من ذلك، هكذا تفكر، وهي ترقد في سلام، المكان لطيف جدًّا هنا في فيكا، البيت ليس متسعًا بالقدر الكافي، لكنه في موقع جيد على أحد التلال، وهناك تلال خضراء حول البيت، وهناك الحظيرة التي تبعد قليلًا نحو البحر، حيث كوخ الصيد والمرفأ، ويرسو قارب أوسلايك على رصيف المرفأ، المكان ليس سيئًا هنا، والأغنام ترعى الآن في الخارج والبقرة في حظيرتها، وقد حلبها أوسلايك، هناك حليب بجوار الفرن في المطبخ، هكذا يقول، وهل تستطيع أن تحلب اللبن، هي بالتأكيد تعرف، ولكن كل شيء لا تستطيع القيام به وهو بحاجة إلى أن يقوم به، سيعلمها إياه، كل شيء لا تعرفه وهو يعرفه ويمكن أن يفيد سوف يعلمها إياه وسوف تعيش عيشة كريمة هنا، هكذا يقول، وسوف يعمل ويكد لأنه رجل ويمكنه أن يفعل ذلك هكذا يقول لأنه سيقوم بكل ما عليه هكذا يقول، أن يعمل، نعم، فهو يستطيع أن يعمل، وما دام هو حيًّا ويتمتع بالصحة ستعيش هي وابنها حياة كريمة، هكذا يقول، وهذا لن يضير، وبالتأكيد ستحظى هي وولدها بحياة كريمة، هكذا يقول، لا ضرر فيها، والمكان لطيف للغاية أيضًا، أليس كذلك، وهناك في الخارج البحر والأمواج والمحيط والرياح وطيور النورس تنعق وكل شيء سيكون على ما يرام، هكذا يقول، إنها لا تريد أن تنصت إلى طيور النورس التي

تنعق بعد الآن ولا إلى ما يقوله، والأيام تمر وكل يوم مثل اليوم الذي يليه والأغنام والبقرة والأسماك ثم تنجب أَلِيس التي كانت فتاة صغيرة جميلة ولها شعر وأسنان وتبتسم ثم تضحك وسيجفالد الصغير الذي يكبر ويصبح صبيًّا يافعًا مثل والدها كما تتذكره، وتتذكر صوته عندما كان يغني، وأوسلايك الذي يصطاد ويبحر إلى بيورجفين مع أسماكه ويعود إلى البيت مرة أخرى محملًا بالسكر والملح والبُن والملابس والأحذية والنبيذ والبيرة واللحم المُقَدَّد وهي تصنع فطائر البطاطس وهما يُقددان اللحم والسمك وتمر السنون وتنجب الأخت الصغرى وهي شقراء وشعرها جسيل، وكل يوم مثل اليوم الذي يليه والصباح بارد والموقد يدفئ جيدًا، ويهل الربيع بنوره ودفئه ويهل الصيف بشمسه الحارقة، ويهل الشتاء بظلامه وثلوجه ومطره، وهناك المزيد من الثلوج والمزيد من المطر وترى أَلِيس أليدا تقف هناك، وهي تقف بالفعل هناك، تقف هناك وسط مطبخها، أمام النافذة، تقف أليدا العجوز هناك، لا يمكن أن تقف هناك، هذا غير ممكن، لقد ماتت منذ أمد بعيد وهي ترتدي هذا السوار الذي كانت ترتديه دائمًا حول معصمها، السوار الذهبي ذا اللآلئ الزرقاء، لا، هذا غير ممكن، هكذا تفكر أَلِيس، وهي تنهض وتفتح باب المطبخ وتدخل إلى غرفة المعيشة وتغلق الباب خلفها وتجلس على كرسيها وتضع البطانية حولها وتلتف بها وهي تنظر إلى باب المطبخ وترى الباب مفتوحًا وترى أليدا تدخل وتغلق باب المطبخ خلفها ثم تتوقف أليدا هناك، أمام النافذة في غرفة المعيشة، تقف هناك، لا يمكن لأمها أن تفعل

ذلك، هكذا تفكر أليس، وهي تُغلق عينيها وترى أليدا تمشي في الفناء هناك في فيكا، وهي تمشي معها، تمسك بيدها، ويخرج الأخ سيجفالد معهما، ويقفون خارج الكوخ وأليس ترى الأب أوسلايك يقبل على الممشى من رصيف المرفأ، يحمل حقيبة كمان في يده، وترى الأخ سيجفالد يهرول للقاء أوسلايك

يقول أوسلايك: ها هي أيها الصبي الصغير، هذا الكمان لك

ثم يناول سيجفالد حقيبة الكمان فيأخذها ويقف في هدوء تام، ممسكًا بحقيبة الكمان

يقول أوسلايك: لقد طلبت هذا الكمان مرارًا وتكرارًا

تقول أليدا لأليس: لا، إنه لا يتصور كم الإزعاج الذي سببه لنا كي نشتري له كمانًا

تقول أليس: نعم، بعد أن سمع أن هناك عازف كمان يعزف وكان من جزيرة بعيدة إلى الغرب

تقول أليدا: غير معقول

تقول أليس: ومنذ ذلك الحين، كان يقضي بعض الوقت معه قدر استطاعته

تقول أليدا: نعم

تقول أليدا: نعم، إنه عازف بارع

تقول أليس: أعتقد أنه كذلك

تقول أليدا: إنه يعزف عزفًا رائعًا

تقول أليس: ولكن

تقول أليدا وهي تقاطعها: نعم، كان أبو سيجفالد عازف كمان

تقول أَلِيس: وجده

تقول أليدا: نعم، نعم

ويكاد صوتها يحمل فظاظة، ثم يرون أوسلايك يستدير ويذهب إلى القارب مرة أخرى ويقبل سيجفالد نحوهما مع حقيبة الكمان، ويضعها على الأرض، ويفتح الحقيبة، ثم يخرج الكمان، ويحمله أمامه، يحمل الكمان إليهما من القارب، في ضوء الشمس، يقبل أوسلايك نحوهم، وهو يحمل صندوقًا ثم يتوقف بجوارهم

يقول: إنني تسوقت كثيرًا في بيورجفين

يقول: وحصلت على الكمان، هل تصدق

يقول: ومن المفترض أن يكون كمانًا ممتازًا

يقول: لقد اشتريته من عازف الكمان الذي يحتاج إلى أشياء أخرى أكثر من الكمان

يقول: لكني دفعت له ثمنًا جيدًا في المقابل، أكثر مما طلب

يقول: لا أظن أنني رأيت رجلًا يرتجف بهذا الشكل من قبل

وتسأل أليدا ما إذا كان بوسعها أن تلقي نظرة على الكمان، ويناولها سيجفالد الكمان، وبعد ذلك ترى أن رأس التنين الذي يشكِّل قوقعة الكمان قد فقد أنفه

تقول أليدا: هذا كمان جيد، بوسعي أن أرى ذلك

وتناول سيجفالد الكمان، ليعيده إلى الحقيبة ويقف بجوارها، ثم يقف هناك مع حقيبة الكمان، وتفكر أَلِيس أن أخاها سيجفالد الطيب أصبح عازف كمان، ولكن ليس أكثر من ذلك، كان لديه ابنة، وُلدت خارج نطاق الزواج، وكان لابنته على ما يبدو ابن اسمه جون وهو

عازف كمان أيضًا ونشر ديوان شعر، حسنًا، الناس ينعلون باختلاف الأشياء، هكذا تفكر أليس، واختفى سيجفالد، والآن أصبح طاعنًا في السن وقد مات على أي حال، لقد اختفى وذهب ولم يسمع عنه أحد أي شيء قطُّ، هكذا تفكر أليس، ولماذا تقف أليدا هناك، تقف هناك في غرفة المعيشة، أمام النافذة، لا تستطيع أن تفعل ذلك، لماذا لا ترحل فحسب، إذا لم تكن تريد أن ترحل بعيدًا فلا يوجد شيء آخر تفعله، هكذا تفكر، وترى أليدا أنها لا تزال تقف هناك في منتصف الأرضية، ولا يمكنها أن تسمح لوالدتها بالوقوف هناك، لأنها غرفة المعيشة، ولماذا لا ترحل أمها، لماذا لا تختفي أمها، لماذا تقف هناك فحسب، لماذا لا تتحرك، هكذا تفكر أليس، ولا يمكن لأليدا أن تقف هناك فحسب، لأنها ماتت منذ فترة طويلة، هكذا تفكر أليس، وهل تجرؤ على لمس أمها كي تشعر إذا كانت هناك حقًّا أم لا، هكذا تفكر، لكنها لا تستطيع أن تكون هناك، وقد ماتت أمها منذ سنوات، وأضافت أنها خرجت إلى البحر، هكذا يقولون، لكن لم يكن لديها أي فكرة عما حدث، وهم يقولون كل أنواع الأقاويل، ولم تكن قادرة على الذهاب إلى جنازة أمها في ديلجيا، فهي كثيرًا ما فكرت في ذلك، إنها لم تكن في جنازة أمها، ولكن كان هناك طريق طويل يجب أن تقطعه، وكان لديها الكثير من الأطفال، وكان زوجها قد خرج للصيد بعيدًا، كيف يمكنها أن تدبر الأمر، ولأنها لم تذهب إلى جنازتها فإن أمها تقف هناك الآن ولا تريد أن تتركها، ولكنها بالتأكيد لا تستطيع أن تقول لها أي شيء، فقد كانت تعتقد هي نفسها أن أمها لو كانت قد خرجت حقًّا إلى

البحر فلا يمكن أن تسألها عن ذلك، ولكن القصة هي أنهم عثروا على أمها ملقاة على الشاطئ، ولا يمكن أن تسألها عن ذلك، لأن حالها ليست سيئة إلى درجة أن تجلس هنا وتتحدث إلى شخص مات منذ فترة طويلة، حتى لو كانت أمها، لا مستحيل، مستحيل، هكذا تفكر أليس، وتنظر أليدا إلى أليس وتعتقد أنها تلاحظ أنها موجودة، بالطبع هي كذلك، وربما تعذب ابنتها بوجودها هنا، وهي لا تريد ذلك، لماذا تعذب ابنتها، إنها لا تريد أن تعذب ابنتها على الإطلاق، فهي، ابنتها الطيبة، ابنتها الكبرى، الوحيدة التي كانت تنمو وتكبر والتي لديها أطفالها وأحفادها وتنهض أليس وتمشي بخطى بطيئة قصيرة نحو الباب الأمامي ثم تفتح الباب وتدخل إلى الردهة ووراءها تدخل أليدا إلى الردهة بخطوات قصيرة وبطيئة وتفتح أليس الباب الأمامي وأليدا تمشي وتمشي خلفها ثم تمشي أليس، على طول الطريق، لأنه إذا لم تكن أليدا ترغب في مغادرة بيتها، فعليها هي أن تفعل ذلك، هكذا تفكر أليس، لا شيء آخر يمكنها القيام به،، هكذا تفكر أليس، وهي تمشي نحو البحر، وتمشي أليدا ببطء في الظلام وتحت المطر من البيت في فيكا، ثم تتوقف وتستدير، وتنظر إلى البيت وكل ما يمكن أن تراه هو شيء داكن كامن في الظلام، ثم تعود مرة أخرى وتواصل المشي خطوة خطوة، ثم تقف أمام الشاطئ، وتسمع الأمواج وهي تتلاطم وتشعر بالمطر يتساقط على شعرها، وعلى وجهها، ثم تمشي داخل الأمواج وكل البرودة هي دفء، وكل البحر هو أسلا وتتقدم إلى الأمام، وكان أسلا موجودًا حولها كما فعل بالضبط عندما التقيا أول مرة وهو يعزف

في الحفل الراقص هناك في ديلجيا لأول مرة وكل شيء هو أسلا وأليدا فحسب، ثم تتدحرج الأمواج على أليدا ويمشي أسلا بين الأمواج، وهي تواصل المشي، وتمشي إلى الداخل بين الأمواج وعلى شعرها الأشيب أخذت موجة تتدحرج

المؤلف

يُعد «يون فوسه»، المولود عام ١٩٥٩، أهم الكُتاب النرويجيين المعاصرين، وقد أطلقت عليه الصحافة لقب «إبسن الجديد». صدر له أكثر من ٣٠ كتابًا في المسرح والشعر والرواية، تُرجمت إلى أكثر من ٤٠ لغة، وحصل على جوائز أدبية مرموقة عديدة، منها: «جائزة إبسن الدولية» عام ٢٠١٠، و«الجائزة الأوروبية للآداب» عام ٢٠١٤، كما حاز «وسام الاستحقاق الوطني» الفرنسي بدرجة فارس، و«وسام القديس أولاف الملكي» وهو أعلى امتياز في الدولة النرويجية. ومنحه ملك النرويج، عام ٢٠١١، شرف الإقامة مدى الحياة في «جروتن»، وهو بيت في حرم القصر الملكي في أوسلو مخصص لاستقبال كبار الفنانين منذ القرن التاسع عشر.

المترجمتان

شرين عبد الوهاب حاصلة على بكالوريوس العلوم السياسية من جامعة أوسلو، وعملت منسقًا للمشروعات الثقافية بين النرويج ومصر لعدة سنوات. تعمل بالترجمة مع عديد من المؤسسات. صدرت لها تراجم لروايات ومسرحيات وأدب الأطفال.

أمل رواش حاصلة على ليسانس في الأدب الإنجليزي عام ١٩٨٦، تعمل في مجال التأليف والترجمة منذ عام ١٩٩٠. صدر لها: «تاريخ أوربا الشرقية»، «صورة المرأة في العصور القديمة»، «من قام بطهي عشاء آدم سميث»، «هل أنا حرة؟»، «صباح ومساء»، «ها أنا هنا»، وغير ذلك الكثير من الكتب. شاركت في مشروع إعادة ترجمة أعمال هنريك إبسن بالتعاون مع مركز إبسن للدراسات في جامعة أوسلو.

ترجمات الكرمة

١. صونيتشكا – لودميلا أوليتسكايا. ترجمها عن الروسية: عياد عيد.

٢. سالباتييرّا – بيدرو مايرال. ترجمها عن الإسبانية: مارك جمال.

٣. أصوات المساء – ناتاليا جينزبورج. ترجمتها عن الإيطالية: أماني فوزي حبشي.

٤. النورس جوناثان ليفنجستون – ريتشارد باخ. ترجمها عن الإنجليزية: محمد عبد النبي.

٥. جاتسبي العظيم – ف. س. فيتزجرالد. ترجمها عن الإنجليزية: محمد مستجير مصطفى.

٦. الاعتداء – هاري موليش. ترجمتها عن الهولندية: أمينة عابد.

٧. صباح ومساء – يون فوسه. ترجمتها عن النرويجية: شرين عبد الوهاب وأمل رواش.

٨. الإوزّة البريّة – أوجاي موري. ترجمها عن اليابانية: ميسرة عفيفي.

٩. عشيق الليدي تشاترلي – د. هـ. لورانس. ترجمها عن الإنجليزية: أمين العيوطي.

١٠. الوعد – فريدريش دورنمات. ترجمها عن الألمانية: سمير جريس.

١١. طيف آلكسندر ولف – جايتّو جازدانوف. ترجمها من الروسية: هفال يوسف.

١٢. رسائل إلى شاعر شاب – راينر ماريا ريلكه. ترجمها عن الألمانية: صلاح هلال.

١٣. قلب الظلمات – جوزيف كونراد. ترجمتها عن الإنجليزية: هدى حبيشة.

١٤. تقرير موضوعي عن سعادة مدمن المورفين – هانس فالادا. ترجمه عن الألمانية: سمير جريس.

١٥. أرض البشر – أنطوان دو سانت اكزوبيري. ترجمها عن الفرنسية: مصطفى كامل فودة.

١٦. ملحمة أسرة فورسايت: صاحب الملك – جون جالزورذي. ترجمها عن الإنجليزية: محمد مفيد الشوباشي.

١٧. اعتراف منتصف الليل – جورج دوهاميل. ترجمها عن الفرنسية: شكري محمد عياد.

١٨. الأمريكي الهادئ – جراهام جرين. ترجمها عن الإنجليزية: شوقي جلال ومحمود ماجد.

١٩. الأمير الصغير – أنطوان دو سانت اكزوبيري. ترجمها عن الفرنسية: محمد سلماوي.

٢٠. أربطة – دومينيكو ستارنونه. ترجمتها عن الإيطالية: أماني فوزي حبشي.

٢١. مليون نافذة – جيرالد مُرْنين. ترجمها عن الإنجليزية: محمد عبد النبي.

٣٤. الاعتذار - إيف إنسلر. ترجمته عن الإنجليزية: سها السباعي.

٣٥. شخص نعرفه - شاري لابينا. ترجمتها عن الإنجليزية: منى عبد الغني.

٣٦. خلف هذه الأبواب - روث وير. ترجمتها عن الإنجليزية: إيناس التركي.

٣٧. احتضان - كلير كيجن. ترجمها عن الإنجليزية: أنور الشامي.

٣٨. اترك العالم خلفك - رمان عَلم. ترجمتها عن الإنجليزية: سها السباعي.

٣٩. بندقية صيد - ياسوشي إينويه. ترجمها عن اليابانية: ميسرة عفيفي.

٤٠. لن نقدم القهوة لسبينوزا - آليتشه كابالي. ترجمتها عن الإيطالية: أماني فوزي حبشي.

٤١. سأبقى هنا - ماركو بالزانو. ترجمتها عن الإيطالية: أماني فوزي حبشي.

٤٢. نادي القتال - تشاك بولانيك. ترجمها عن الإنجليزية: أحمد خالد توفيق.

٤٣. ديرمافوريا - كريج كليفنجر. ترجمها عن الإنجليزية: أحمد خالد توفيق.

٤٤. المولود من ذي قبل - خوان خوسيه ساير. ترجمها عن الإسبانية: محمد الفولي.

٤٥. ثلاثية - يون فوسه. ترجمتها عن النرويجية: شرين عبد الوهاب وأمل رواش.